Hans Kruppa

Die Legende von Tay Manka

lucy körner verlag

1. Auflage November 1993

Postfach 1106, 70701 Fellbach

Titelgestaltung: Lucy und Heinz Körner unter Verwendung einer Illustration von E. Bach–Mauritius
Herstellung: J. F. Steinkopf Druck+Buch GmbH, Stuttgart

ISBN 3-922028-22-5

Für Catherine

Neora saß unter der großen Palme am Strand und ließ ihren Blick über das Meer schweifen. Sie nahm seine Farben, seine Kraft und Schönheit in sich auf. Sie saß still, doch in ihrem Herzen brauste ein Sturm, dessen ungestüme Kraft sie um ihre innere Ruhe brachte und ihr bisheriges Leben mit sich fortzureißen drohte. Neora schloß die Augen und atmete die würzige Morgenluft tief ein. Sie wußte nicht mehr, wo unten und oben war. Oder hatte sie es noch nie gewußt und nur geglaubt, es zu wissen? In ihrer Verwirrung flehte sie Yabah um Hilfe an, den mächtigen und grausamen Gott des Meeres, an den sie sich noch nie mit einer Bitte gewandt hatte.

Als sie zur Mittagszeit aufstand, um ins Dorf zurückzukehren, hatte der Sturm in ihrem Herzen kaum nachgelassen, der ihre Seele aufwühlte, als seien ihre Gefühle welke Blätter. Sie fand keinen Schutz mehr in sich, und ihr Leben erschien ihr wie ein Traum, aus dem sie zu erwachen begann.

Der Blick des Fremden hatte ihr altes Leben entwurzelt, ihr den Halt des Gewohnten entrissen. Sie fühlte sich hilflos und verwirrt wie nie zuvor. Und doch ahnte sie im tiefsten Inneren, daß sie schon lange auf diesen Sturm gewartet hatte.

Tago hockte vor der Hütte, als Neora mit langsamen Schritten ins Dorf zurückkam. Er schien schlechte Laune zu haben. Sein Blick war hart und ernst. „Wo warst du?“ fragte er unfreundlich.

„Am Strand“, antwortete Neora und ging schnell an ihm vorbei ins Halbdunkel der Hütte.

„Warum so lange?“ setzte Tago nach und folgte ihr.

„Warum nicht?“ erwiderte sie. „Ich habe das Meer betrachtet und die Zeit vergessen.“

„Du vergißt nicht nur die Zeit! Seit gestern morgen wartet das Fangnetz darauf, daß du es ausbesserst. Du hast es einfach liegenlassen", sagte Tago vorwurfsvoll.

Neora wich seinem Blick aus und legte sich auf ihre Schlafmatte.

„Warum antwortest du nicht? Wie soll ich Fische für uns fangen, wenn das Netz Löcher hat? Was ist mit dir?"

„Ich fand keinen Schlaf letzte Nacht. Laß mich jetzt ein bißchen ruhen! Ich werde mich später um das Netz kümmern."

Tago kniete sich neben die Liegende. „Bist du vielleicht krank?" Seine Stimme klang nun besorgt. „Soll ich die Heilerin um Rat fragen?"

„Nein!" entschied Neora. „Laß mich nur schlafen. Und wenn ich aufwache, flicke ich das Netz."

Tago strich ihr über das lange Haar und ließ seine Hand zärtlich über die bronzefarbene Haut ihrer Schulter gleiten. Seine Berührung war Neora unangenehm, aber sie ließ es sich nicht anmerken. Als Tago die Hütte verließ, atmete sie erleichtert auf. Und wieder kehrten ihre Gedanken zu der Begegnung mit dem Fremden zurück. Sie hatte vor der Hütte gesessen und gerade damit begonnen, Tagos Netz zu flikken. Als der Blick des Fremden sie traf, glitt es ihr aus den Händen – und etwas Seltsames geschah. Sie bemerkte, wie er sie freundlich grüßte, und hörte ihn eine Frage stellen, verstand aber den Sinn nicht, als habe sich ein Nebel um ihren Verstand gelegt. Wie gelähmt saß sie da und brachte kein Wort über die Lippen.

Etwas Unerklärliches mußte in diesem Augenblick mit ihr geschehen sein. Es war anders als alles, was sie bislang erlebt hatte. Noch nie war sie einem Mann, der sie freundlich begrüßte, eine Erwiderung schuldig geblieben. Wie ein ängstliches, kleines Mädchen hatte sie sich verhalten, als er vor ihr stand. Er mußte sie für stumm oder sehr unhöflich gehalten haben.

Als der Fremde sich schließlich mit einem seltsamen Lächeln abwandte und weiterging, spürte sie, daß ihr Herz klopfte wie nach einem schnellen Lauf. Unfähig, sich zu rühren, sah sie dem Mann nach. Ihr fiel auf, daß er mit dem linken Fuß nicht richtig auftreten konnte, als habe er sich verletzt.

Neoras Gedanken kreisten immer wieder um die gestrige Begegnung mit dem Fremden. Er schien nicht viel älter als sie selbst zu sein. Sein Gesicht war freundlich gewesen, seine Stimme hatte angenehm geklungen. Er war sicherlich ein anständiger, guter Mann, ihres Vertrauens und einer hilfreichen Antwort würdig – und sie hatte ihm Unrecht getan, ihn vielleicht sogar beleidigt. Aber da war etwas an ihm gewesen, das sie augenblicklich verwirrt hatte – etwas, das nicht in seiner Stimme lag, sondern in seinem Gesicht. Neora wußte nicht, ob diese Kraft, die von dem Fremden ausging, gut oder schlecht war oder beides in einem. Sie wußte nur, daß sie noch nie einem Menschen begegnet war, der eine solche Macht besaß.

Neora stöhnte leise und drehte sich auf die andere Seite. Der Schlaf wollte einfach nicht kommen. Von draußen hörte sie Tagos Stimme. Er sprach mit dem Nachbarn Ranyok. Tago! Er hielt sie für krank. Wie schlecht er sie doch kannte! Aber kannte sie sich besser? Bis vor kurzem hätte sie es für unmöglich gehalten, daß jemand nur mit seinem Blick einen solchen Sturm in ihr hervorrufen könnte.

Schließlich kamen öfter Besucher nach Baykane. Das Fischerdorf an der Bambusküste nahm sie mit der gebotenen Gastfreundschaft auf. Man gab ihnen zu essen, zu trinken, bot ihnen Schlafplätze an und ließ sie am Dorfleben teilhaben. Die meisten Gäste zogen früher oder später weiter. Manche blieben auch und lebten sich nach und nach in die Dorfgemeinschaft ein.

So wie Tago. Er war vor rund achtzehn Monden gekommen – und geblieben. Wegen ihr, wie sie später von ihm erfuhr. Tago erwies sich als hilfsbereiter, tüchtiger Mann und geschickter Fischer, doch er tat sich schwer mit den Versuchen, Neoras Herz zu fangen. Er brauchte fast sechs Monde, bis sie ihm einen Kuß gewährte. Neora wußte am Ende selbst nicht, warum sie schließlich seinem unermüdlichen Werben nachgegeben hatte. Seine Geschenke hatten sie erfreut, und sie war von seiner Unbeirrbarkeit beeindruckt. Und ihre Eltern hielten Tago für einen guten Gefährten, der die Gunst ihrer Tochter verdient hatte. Als Tago sie schließlich bat, mit ihm in seiner Hütte zu leben, willigte sie zögernd ein.

Neora stöhnte leise auf und versuchte ein weiteres Mal, auf den Grund ihres aufgewühlten Herzens zu tauchen. Sie war eine gute Taucherin, die schon manche prächtige Muschel vom Meeresboden ans Licht der Sonne gebracht hatte, aber die See ihrer Gefühle erschien ihr auf einmal bodenlos.

„Weißt du schon von dem Fremden?“ hörte sie Ranyok fragen. „Duana hat ihn bei sich aufgenommen, um seinen verletzten Fuß zu heilen, heißt es. Aber vielleicht hat ihre Gastfreundschaft noch einen anderen Grund?“

„Warum soll sie einen Verletzten nicht bei sich aufnehmen? Ihre Hütte ist groß“, hörte sie Tago antworten.

„Ihr Herz anscheinend auch. Man munkelt, Duana habe Gefallen an dem Fremden gefunden. Dabei könnte sie seine Mutter sein.“

„Das Meer hat ihr den Sohn genommen“, wandte Tago ein. „Vielleicht hat der Fremde etwas, das sie an ihn erinnert. Wir Männer können nicht in das Herz einer Mutter sehen.“

„Da magst du recht haben. Aber die Leute reden nicht von Duanas mütterlichen Gefühlen“, sagte Ranyok und lachte anzüglich.

„Die Leute reden viel, vor allem über Gäste. Meistens stimmt davon nicht einmal die Hälfte.“

Dann verwehte der Wind die weiteren Worte der Männer, und Neora konnte ihrem Gespräch nicht mehr folgen. Also war der Fremde bei der Heilerin. Kein Wunder, daß man im Dorf darüber sprach! Duana hatte seit dem Verschwinden ihres Sohnes keinen Gast mehr bei sich aufgenommen.

Neora schätzte Duana sehr und fühlte sich ihr in großer Achtung und Dankbarkeit verbunden. Sie war als Kind in den Grünen Hügeln von einer Giftschlange gebissen worden, und Duanas Heilkunst hatte ihr das Leben gerettet. Neora war nicht die einzige in Baykane, die ihr Leben oder ihre Gesundheit Duana zu verdanken hatte. Auch aus anderen Dörfern von Tay Manka waren schon Hilfesuchende zu Duana gekommen oder von ihren Nächsten gebracht worden, denn der Ruf der Heilerin hatte sich über das ganze Land verbreitet. Duana war es schon öfter gelungen, Menschen zu heilen, denen sonst niemand hatte helfen können. Sie begegnete allen Dankesbezeigungen meist mit einem unwilligen Kopfschütteln und den Worten, sie wende nur das Wissen an, das ihre Mutter an sie weitergegeben habe.

Neora beschloß, Duana noch vor Sonnenuntergang zu besuchen. Vielleicht konnte sie erklären, was mit ihr geschah, seit der Fremde ins Dorf gekommen war. Dieser Entschluß und die daran geknüpfte Hoffnung milderten den Aufruhr in ihrem Herzen so weit, daß sie schließlich doch noch Schlaf fand.

Als Neora erwachte, stand die Sonne schon tief. Sie sah sich in der Hütte um. Tago war nicht da. Neora reckte sich und ging ins Freie. Als sie das Fangnetz auf dem Boden liegen sah, fiel ihr ein, daß sie Tago versprochen hatte, es zu flicken. Neora nahm sich vor, diese Arbeit nach ihrem Besuch bei Duana zu erledigen.

Die Heilerin wohnte ein wenig abseits auf einer Anhöhe oberhalb von Baykane. Von ihrer Hütte aus hatte man einen schönen Blick auf das Dorf und das Meer, in das die Sonne bald eintauchen würde.

Duana saß auf der Bambusbank vor ihrem Heim und winkte, als Neora näherkam. Die beiden Frauen umarmten sich herzlich. Als Neora sich zu der Heilerin setzte und ihre Blicke sich trafen, war sie aufs neue erstaunt darüber, daß Duanas Augen nicht alterten, als ginge die Zeit an ihrem warmen, hellwachen Blick vorüber, ohne eine Spur zu hinterlassen.

„Wie war dein Tag, Duana?“ begann Neora das Gespräch.

Duana lächelte. „Gut, mein Mädchen. Und wie war deiner?“

Neora atmete tief durch und suchte nach den rechten Worten. „Beunruhigend“, gestand sie. „Mir ist seltsam zumute, schon seit gestern. Es ist, als würde ich in einem Einbaum auf dem Meer treiben und kein Land sehen.“

„Fühlst du dich krank?“

Neora schüttelte den Kopf. „Es hat wohl mit dem Fremden zu tun. Ranyok sagt, du hättest ihn bei dir aufgenommen. Ist er in deiner Hütte? Gestern kam er ins Dorf, sah mich und sprach mich an – und seitdem ...“

„Ah“, sagte Duana. „Ja, dieser Fremde ist mein Gast. Er hat sich am Fuß verletzt, aber es ist keine schlimme Sache. Er darf zwei Tage lang nicht gehen, und hier kann ich ihn am besten pflegen. Übermorgen wird er wieder gesund sein. Er hat dich angesprochen, sagtest du? Dann bist du also die junge Frau, die ihn so entgeistert angeschaut hat, als er sie nach dem Weg zu meiner Hütte fragte?“

Neora wirkte verlegen. „Ich weiß nicht, warum ich ihm nicht antworten konnte. Er hat etwas an sich ...“

Duana nickte. „Ja, das hat er.“

Neora wußte nicht, was sie darauf sagen sollte. Auch Duana schwieg nun.

„Bald sinkt die Sonne ins Meer“, beendete die Heilerin das Schweigen. „Als du noch einen Kopf kleiner warst, hast

du mich einmal gefragt, warum die Sonne das Meer nicht erleuchtet, wenn sie darin eintaucht – so wie sie den Himmel erleuchtet. Erinnerst du dich?“

Neora nickte.

„Ich zuckte damals mit den Schultern, und du warst enttäuscht, weil du glaubtest, daß ich auf jede Frage eine Antwort wüßte. Gestern abend stellte mir der Fremde dieselbe Frage!“

Neora sah die Heilerin gespannt an. „Und – hast du wieder mit den Schultern gezuckt?“

„Ja, doch der Fremde sagte mir, er wüßte, warum!“

Neoras Augen weiteten sich vor Erwartung.

„Er sagte“, fuhr Duana fort, „daß die Sonne gar nicht ins Meer sinke.“

„Wie kann er das behaupten!“ erwiderte Neora empört.

„Pssst“, machte Duana und legte einen Finger auf ihre Lippen. „Er schläft. Ich habe ihm einen Heiltrunk gegeben, der müde macht.“

„Aber wie kann er denken ...“

„Er denkt nur folgerichtig. Er sagte mir: Was alle glauben, muß nicht immer die Wahrheit sein“, fiel die Heilerin Neora ins Wort, „und ich gebe ihm recht. Da die Sonne das Land mit Licht und Wärme beschenkt und am Leben erhält, müßte sie auch das Meer damit verwöhnen, wenn sie wirklich ins Meer eintauchen würde. Doch das Meer wird nicht heller und auch nicht wärmer nach dem Sonnenuntergang. Also sinkt die Sonne nicht ins Meer.“

„Aber wohin sinkt sie dann? Weiß er das auch, der kluge Fremde?“

„Jenseits der Grenze des Meeres gehe sie unter, meint er“, antwortete die Heilerin. „Die Sonne könne zwar unsere Augen, aber nicht unseren Geist täuschen.“

Neoras Mienenspiel drückte Ablehnung aus. „Ich weiß nicht, was ich davon halten soll“, warf sie unwillig ein. „Ich hatte gehofft, daß du mir hilfst, Klarheit zu finden. Statt dessen verwirrst du mich noch mehr, als ich es ohnehin *schon bin. Da wütet ein Sturm in meinem Herzen", klagte sie, „und der Fremde in deiner Hütte hat ihn entfacht."*

Duana legte ihre Hand sanft auf Neoras Kopf. „Ich werde versuchen, dir zu helfen, obwohl ich nicht glaube, daß du krank bist."

„Aber was ist dann mit mir?"

„Du bist in Aufruhr geraten, und das ist gut, auch wenn es dich ängstigt. Wir alle haben Angst vor der Veränderung, weil sie uns auf Neuland führt, wo Heil und Verderben nahe beieinanderliegen. Aber Bewegung ist Leben, und wenn wir morgen noch da stehen, wo wir gestern standen, ist das Leben ohne uns weitergegangen... Neora, fürchte dich nicht vor dem Sturm in dir. Er hat seinen Sinn, und ich glaube, sein Sinn ist gut."

Neora führte Duanas Hand behutsam zu ihrem Mund und küßte sie.

„Manchmal geschieht etwas und verändert alles", fuhr Duana mit besänftigender Stimme fort. „Erst haben wir Angst und fürchten, etwas zu verlieren – aber wir können nichts gewinnen, wenn wir nicht bereit sind, auch einiges dafür aufzugeben. Unsere Furcht ist keine Schande, aber sie darf uns nicht lähmen und daran hindern, dem Ruf des Lebens zu folgen, auch wenn er uns ins Unbekannte führt."

Neora spürte, wie die Nähe und die ermutigenden Worte der Heilerin ihr die Kraft und Entschlossenheit gaben, dem Sturm in ihr zu trotzen und den Weg zu finden, den das Leben ihr zugedacht hatte.

„Und nun komm in meine Hütte und sieh ihn dir an! Er schläft wie ein Kind. Dieser Anblick wird dir die Angst vor ihm nehmen."

Auf Zehenspitzen folgte Neora der Heilerin in ihr Heim. Da lag der Fremde im Halbdunkel auf einer Schlafmatte und atmete ruhig und tief. Um seinen Fuß hatte Duana zwei Blätter der Anyun-Pflanze gewickelt und festgebunden.

Neora fühlte ihr Herz im Hals pochen, als sie sich nach kurzem Zögern neben den Fremden kniete, um sein Gesicht zu betrachten. Ihr Blick ruhte auf seinen geschlossenen Augen, und verwundert sah sie, daß sie sich unter den Lidern schnell bewegten.

„Er träumt", flüsterte Duana. „Seine Augen jagen die Bilder, die er sieht."

Neoras Blick tastete seine Stirn ab, seine Wangen, die Nase und die Lippen. Es war ein Gesicht, das ihr gefiel und Vertrauen in ihr weckte. Warum hatte dieser Mann sie so verwirrt? Es können nur seine Augen gewesen sein, dachte sie. Was wäre, wenn er sie jetzt öffnen würde?

„Komm", flüsterte Duana, und Neora folgte der Heilerin hinaus.

„Ich verstehe mich selbst nicht mehr", murmelte Neora und runzelte die Stirn, als sie wieder neben Duana vor der Hütte saß. „Er ist ein Mann wie alle anderen auch."

Duana mußte lächeln. „Das ist er nicht. Er ist ein besonderer junger Mann. Er denkt klar, weit und ohne Furcht. In seinen Augen glänzt das Licht der Überzeugungskraft."

„Was weißt du noch von ihm?"

„Nicht viel, aber genug, um mehr von ihm wissen zu wollen. Er heißt Gando, kommt aus dem Dorf Tanaga und zieht seit einigen Monden durch das Land. Er ist Jäger, aber er sagt, er jage schon seit längerem nicht mehr."

„Er besitzt eine seltsame Kraft", sagte Neora leise.

„Also ist er doch kein Mann wie alle anderen?" Duana schmunzelte.

Neora mußte gegen ihren Willen lächeln. „Ich danke dir, Duana. Du hast mir wieder einmal geholfen. Wie kann ich jemals gutmachen, was du für mich schon getan hast? Du sollst noch wissen, daß unten im Dorf über dich und den Fremden geredet wird. Ranyok sagt, du hättest ein Auge auf ihn geworfen."

„Ach, laß ihn ruhig reden, wenn es ihm Spaß macht. In gewisser Weise hat er sogar recht. Ich beobachte Gando mit

großer Aufmerksamkeit und versuche zu erraten, was er denkt. Das ist nicht leicht, denn hinter jedem Wort, das er sagt, steht ein anderes, das er verschweigt."

„Ob er etwas Schlimmes getan hat?" erwog Neora.

„Nein", erwiderte Duana entschieden, „es ist nicht das Geheimnis eines Übeltäters, das er verbirgt. Sein Blick ist frei von Schuld. Es ist das Geheimnis des Entdeckers. Gando hat etwas Außerordentliches gesehen, erkannt oder erlebt, und er hat sich entschlossen, es für sich zu behalten – aus welchen Gründen auch immer. Wenn es mir gelingt, sein Vertrauen zu gewinnen, weiht er mich vielleicht ein. Schau, Neora, die Sonne sinkt!"

„Und wirklich nicht ins Meer?"

„Frage Gando! Er denkt viel nach über den Weg der Sonne, über uns Menschen und unser Leben – und über die Großen Wahrheiten."

„Was denkt er über die Großen Wahrheiten?"

Duana wiegte ihren Kopf, als falle ihr die Antwort schwer. „Auch das fragst du ihn besser selbst. Komm doch morgen nachmittag zu mir, dann wirst du mit ihm sprechen können."

„Gut", sagte Neora und umarmte die Heilerin zum Abschied.

„Erzähle niemandem von unserem Gespräch", flüsterte Duana ihr zu. „Vor allem nicht von Gandos Gedanken über die Sonne. Du weißt, wie schnell ein Wort auf Reisen geht, und ich will nicht, daß Gedanken meines Gastes, die er mir im Vertrauen offenbart, den falschen Leuten zu Ohren kommen."

„Ich werde schweigen", versprach Neora, warf einen nachdenklichen Blick auf die untergehende Sonne und machte sich auf den Weg ins Dorf.

Tago hockte auf einem Schemel vor der Hütte. „Wo warst du schon wieder?" fragte er unwirsch, sobald Neora in Hörweite war.

Sie ging wortlos an ihm vorbei in die Hütte, setzte sich auf die Schlafmatte, nahm eine Kono-Frucht aus der Schale und biß hinein.

„Ich habe dich etwas gefragt“, sagte Tago mit gereizter Stimme, kam ihr nach und setzte sich vor sie auf den Boden.

„Du bist so unfreundlich, daß ich es dir nicht sagen mag.“

Tago schlug verärgert mit der Faust auf seine Schlafmatte, sprang auf und ging wieder aus der Hütte. Von draußen hörte sie ihn vorwurfsvoll rufen: „Das Netz ist noch immer nicht geflickt!“

Neora schwieg. Schließlich entfernten sich Tagos Schritte. Sie aß die saftige Frucht und nahm sich noch eine. Erneut war sie enttäuscht von Tago. Warum gebärdete er sich so? Das Netz konnte doch noch warten, es gab schließlich genug zu essen. Kannte Tago sie nicht lange genug, um zu wissen, daß er bei ihr nur im guten etwas erreichen konnte? Kannte er sie überhaupt?

Neora entschloß sich, ihre Familie zu besuchen, deren Hütte nicht weit entfernt stand.

Yuna und Doko saßen am Tisch und begrüßten ihre Tochter mit einem herzlichen Lächeln. Tonkao, ihr kleiner Bruder, schlief bereits. Sie setzte sich zu den Eltern. Erst wollte sie sich über Tago beklagen, doch dann schwieg sie und ließ sich von der Gemütlichkeit der vertrauten Hütte und den schönen Erinnerungen an ihre Kindheit auf andere Gedanken bringen.

Eine gute Weile blieb Neora im vertrauten Kreis ihrer Familie. Als sie wieder zurückkam, lag Tago schon auf seiner Matte und schlief. Sie legte sich neben ihn und war auch bald eingeschlafen.

Als Neora am nächsten Morgen erwachte, war sie allein in der Hütte. Sie stand auf und trat vor die Tür.

Tago saß auf seinem Schemel, flickte das Netz und erweckte den Anschein, als habe er Neoras Kommen nicht bemerkt. Sie verzog den Mund. Tago war beleidigt und würde wahrscheinlich den ganzen Tag so tun, als sei sie Luft für ihn.

„Es tut mir leid, Tago. Ich bin gestern nicht mehr dazu gekommen, das Netz zu flicken. Ich will es jetzt tun." Neora kniete sich neben Tago, doch der zerrte das Netz mit einem Ruck so schnell an sich, daß ihre Hände ins Leere griffen. Neora seufzte, stand auf und ging zum Strand. Wenn Tago sie ohnehin nicht wahrnahm, welchen Sinn hatte es dann, in seiner Nähe zu bleiben?

„Schau", sagte Duana zu Gando, „die junge Frau dort unten am Strand, die zu der höchsten Palme geht — das ist die Frau, die dich so angestarrt hat, als du ins Dorf kamst."

Gando stand auf, um einen besseren Ausblick zu haben. „Ja, das ist sie. Sie ist schön, aber sehr schüchtern. Oder ist sie gar stumm?"

Duana lachte. „Nein, nein, sie kann sprechen, klar und verständlich. Ich mag sie sehr. Sie ist für mich wie eine Tochter."

„Wie heißt sie?"

„Neora. Sie lebt in der Hütte des Fischers Tago, schon eine ganze Weile."

Gando setzte sich wieder. „Ist sie glücklich mit ihm?"

Duana schüttelte mit bedauernder Miene den Kopf und sagte: „Ich habe Neora eingeladen, uns heute am Nachmittag zu besuchen. Sie hat mich gestern nach dir gefragt, und ich sagte ihr, sie solle sich lieber an dich selbst wenden. Ich habe ihr anvertraut, was du über den Sonnenuntergang denkst. Sie hat mir versprochen, niemandem davon zu erzählen. Und auf ihr Wort ist Verlaß!"

Neora saß am Strand, an ihrem Lieblingsplatz unter der höchsten Palme, sah hinaus aufs Meer und dachte über die beunruhigenden Gedanken des Fremden nach.

Alle Kinder lernten von ihren Eltern: Tay Manka ist der Mittelpunkt der Schöpfung. Um Tay Manka herum gibt es nur das endlose Meer. Alle Kinder führte man, wenn sie im richtigen Alter waren, auf den höchsten Berg des Landes, damit sie mit eigenen Augen sehen konnten, daß es weit und breit nichts als Wasser gab.

Und nun behauptete der Fremde, das Meer habe eine Grenze! So zu denken war gefährlich! Es widersprach den Großen Wahrheiten, die von den Alten an die Jungen weitergegeben und von den Sieben Weisen und ihren Boten seit jeher zum Wohl aller Menschen gehütet wurden. Wenn allgemein bekannt wurde, daß Gando eine Große Wahrheit mißachtete, würde er sich vor dem Hohen Rat für seine Worte verantworten müssen.

Die Überlieferungen erzählten von einem jungen Fischer namens Yodano, der einst eine Große Wahrheit in Zweifel zog. Er behauptete, das dem Meeresgott zu jedem siebten Vollmond dargebrachte Opfer sei sinnlos, denn das Meer habe keinen Gott. Gäbe es einen Meeresgott, so ließe er es sich nicht gefallen, daß die Menschen unaufhörlich Fische, Schildkröten und Muscheln aus seinem Reich raubten. Der Zweifler sagte, die Fischer hätten schon unendlich viele Tiere aus dem Meer heraufgezogen, aber noch nie habe dieser Gott zur Strafe dafür einen einzigen Fischer ins Meer hinabgezogen.

Yodano wurde vor den Hohen Rat gebracht. Ihm wurde irriges, für die Gemeinschaft gefährliches Denken vorgeworfen. Die Wahrheit sei: das Meer habe einen mächtigen und grausamen Gott namens Yabah. Um ihn zu besänftigen, sei es nötig, ihm alle sieben Monde ein Kind als Opfer darzubringen. Würde man Yabah dieses Opfer vorenthalten, käme unweigerlich sein Zorn als furchtbare Sturmflut über Tay Manka, die das ganze Land überschwemmen und alle Menschen in den Tod reißen würde.

Der Hohe Rat forderte Yodano auf, seinen Irrtum einzugestehen, doch der Fischer war uneinsichtig. Also wurde er zur Wilden Küste geführt und von der Klippe der Verräter gestürzt – wie alle, die Unglück über die Gemeinschaft gebracht hatten oder zu bringen drohten.

Schon als Kind hatte Neora immer ein ungutes Gefühl bekommen, wenn die Eltern von der Klippe der Verräter sprachen, und es war mit den Jahren gewachsen. Gewiß, die Gemeinschaft hatte das Recht, sich vor denen zu schützen, die ihre Grundlagen erschüttern wollten. Aber mußte es auf eine so grausame und endgültige Weise sein? Gab es keinen anderen Weg?

Neora stellte sich solche Fragen nicht zum ersten Mal, doch sie bekamen für sie eine neue Bedeutung, als ihr bewußt wurde, daß Gando sich mit seinen Gedanken über den Weg der Sonne in große Gefahr bringen konnte.

Als Neora Schritte hinter ihrem Rücken vernahm, wandte sie sich um. Es war Tago, das geflickte Netz über der Schulter und einen Korb in der Rechten, auf dem Weg zu seinem Einbaum. Er tat so, als würde er Neora nicht bemerken.

„Schau“, sagte Duana zu Gando und zeigte zum Strand hinunter, „da kommt Tago, Neoras Gefährte.“

„Der Fischer?“

Duana nickte.

„Er läuft an Neora vorbei“, rief Gando überrascht, „ohne sie anzuschauen. Er muß sie doch gesehen haben! Er geht zu seinem Einbaum – und zieht ihn allein zum Wasser. Sag mir, wenn sie seine Gefährtin ist, warum hilft sie ihm dann nicht?“

„Vermutlich, weil er an ihr vorbeigegangen ist, ohne sie eines Blickes zu würdigen“, erwog Duana. Ihr Gesicht bekam einen traurigen Zug. „Sie wohnen zusammen“, fuhr sie fort, „aber ich frage mich nicht zum ersten Mal, ob sie auch zusammen leben. Sie hatten wohl einen Streit und reden nicht miteinander.“

„Es sah mir eher so aus, als rede er nicht mit ihr", sagte Gando. „Als sie ihn kommen hörte, wandte sie sich ihm zu, doch er stapfte einfach an ihr vorbei, ohne sie zu beachten."

„Streit kann blind machen."

„Man muß schon sehr blind sein, um diese Frau so grob zu mißachten."

„Oder sehr beleidigt", sagte Duana. „Ich weiß nicht, wie es um die beiden steht. Neora trägt das Herz nicht auf der Zunge. Aber sie ist nicht glücklich mit Tago. Ich sehe es an ihren Augen, wenn sie von ihm spricht."

„Und warum wohnt sie dann bei ihm?"

„Man muß jemanden nicht lieben, um mit ihm eine Hütte zu teilen. Freundschaft kann Grund genug sein."

„Wie Freunde benehmen sich die beiden aber auch nicht", wandte Gando ein.

„Neora war die Hütte der Eltern zu klein geworden, wie es bei Mädchen in ihrem Alter häufig vorkommt", erklärte Duana. „Eines Tages kam Tago in unser Dorf, um sich dort eine Hütte zu bauen. Er umwarb Neora in rührender Weise. Er brachte ihren Eltern die besten Fische seiner Fänge, half bei der Ausbesserung ihres Hüttendaches, nahm Neoras jüngeren Bruder in seinem Einbaum mit aufs Meer und lehrte ihn die Kunst des Fischfangs. Er machte sich so beliebt bei Neora, daß sie am Ende nicht nein sagen konnte, als er sie bat, zu ihm zu ziehen. Nichts gegen Tago, er ist ein tüchtiger Mann, aber ihm fehlt etwas."

„Augen", sagte Gando.

„Ihm fehlt die Fähigkeit, in Neora hineinzusehen. Er versteht ihre Seele nicht."

„Kann ein Mann denn die Seele einer Frau verstehen?"

„Natürlich", antwortete die Heilerin ohne Zögern. „Die Seelen von Frauen und Männern unterscheiden sich nicht so sehr wie ihre Körper. Die Seelen haben kein Geschlecht. Aber sie können sich vertraut oder fremd sein, sich nahestehen oder endlos weit voneinander entfernt sein."

„Ich habe auf meinen Wegen durch Tay Manka viel Gastfreundschaft erfahren“, sagte Gando, „und fast jede Nacht auf einer anderen Schlafmatte gelegen. Ich habe einige Male bei Paaren übernachtet, die zwar unter einem Dach, aber weit voneinander entfernt lebten. Und ich habe mich gefragt: Warum trennen sie sich nicht? Eine neue Hütte für den, der die alte verläßt, ist schnell gebaut. Warum scheuen Menschen die äußerliche Trennung, wenn sie sich innerlich schon voneinander getrennt haben?“

„Es ist die Macht der Gewohnheit“, sagte Duana.

Gando nickte. „Ja, du hast die richtigen Worte gefunden: die Macht der Gewohnheit. Und wie gefällt sie dir?“

„Wie soll sie mir gefallen? Sie herrscht über uns alle. Im Leben wiederholt sich vieles, und aus Wiederholungen entstehen Gewohnheiten. Was soll man mehr dazu sagen?“

„Es ist eine unheimliche Macht“, sagte Gando ernst, „eine Macht, die das Licht der Wahrheit erlöschen lassen kann wie der Regen das Feuer. Nicht nur zwischen Mann und Frau, sondern in allen Bereichen des Lebens.“

„Schießt du da nicht über das Ziel hinaus? Es gibt doch auch gute Gewohnheiten.“

„Nenne mir eine!“ forderte Gando.

„Meine Gepflogenheit, abends vor meiner Hütte zu sitzen, auf das Dorf hinunterzuschauen und den Sonnenuntergang zu genießen. Es gibt kaum etwas Schöneres als das Glitzern der Sonnenstrahlen auf dem Meer.“

„Ja, das ist eine gute Gewohnheit, die dich beglückt und niemandem schadet. Aber ich meine nicht solche Gewohnheiten, sondern jene, die unser Denken und Fühlen lähmen und einschränken, die uns die Suche nach Erkenntnis untersagen und am Lernen hindern.“

„Nenne mir eine!“ verlangte Duana.

„Ich nenne dir zwei. Von der ersten sprach ich gestern schon. Wir haben uns daran gewöhnt zu glauben, daß die Sonne abends ins Meer sinkt. Sie sinkt aber nicht ins Meer!

Der Beweis dafür ist: Das Meer wird nicht heller und wärmer, wenn die Sonne untergeht. Es wird dunkler noch als das Land – und es bleibt so kalt, wie es vorher war."

„Das ist kein Beweis", hielt Duana ihm entgegen, „den die Sieben Weisen gelten ließen. Sie würden dir antworten, die Sonne sinke ins Meer wie in einen tiefen Schlaf, um sich dort in der Nacht vom Scheinen und Wärmen auszuruhen – und deshalb bleibe das Meer dunkel und erwärme sich nicht. Was könntest du ihnen darauf erwidern?"

„Daß die Sonne gar nicht schlafen kann! Sie ist so kraftvoll, daß sie keinen Schlaf kennt. Sie scheint und wärmt auch nachts!"

„Und warum sehen und fühlen wir nachts nichts von ihr?"

„Weil sie nachts unter dem sichtbaren Teil der Schöpfung ihre Bahn zieht. Wir können es nicht fühlen und sehen, weil die untere Schöpfung ihre ganze Kraft verbirgt. Aber es muß so sein, denn die Sonne taucht morgens am entgegengesetzten Ende des Meeres wieder auf. So kreist sie Tag für Tag von einem Ende der Schöpfung zum anderen und Nacht für Nacht unsichtbar zu ihrem Ausgangspunkt zurück. Selbst die Sonne unterliegt der Macht der Gewohnheit."

„Sie folgt der Macht der Notwendigkeit", widersprach Duana. „Es ist nötig, daß die Sonne abends verschwindet – wie und wohin auch immer, sonst wäre es nachts so hell und heiß, daß wir nicht schlafen könnten. Und ohne Schlaf wären wir bald alle zermürbt und würden schließlich erkranken."

„Was sagst du zu meinen Worten über den Weg der Sonne?"

„Sie klingen folgerichtig", antwortete die Heilerin. „Aber erkläre mir: Wie stellst du dir den nicht sichtbaren Teil der Schöpfung vor?"

„Vielleicht so ähnlich wie den sichtbaren."

Duana lachte. „Wenn es so wäre, würden dort die Geschöpfe mit dem Kopf nach unten gehen."

Gando erwiderte: „Niemand wird wissen, wie es dort aussieht, weil wir Menschen die Grenze zwischen der unteren und oberen Schöpfung nicht überwinden können. Das vermag nur die Sonne."

Duana blickte nachdenklich zum Himmel.

„Ich versprach, dir zwei schlechte Gewohnheiten zu nennen", fuhr Gando fort. „Wir alle haben uns daran gewöhnt, daß wir die einzigen Menschen der Schöpfung sind und daß um unser Land herum nichts als endloses Meer ist. Auch mit dieser Gewohnheit müssen wir brechen."

„Wieso?" fragte Duana erregt. „Es ist die Wahrheit!"

Gando sah ihr in die Augen und flüsterte schließlich: „Es ist eine Lüge – oder ein Irrtum! Es gibt noch mehr Land, irgendwo dort draußen in den Weiten des Meeres. Wir können es mit unseren Augen nicht sehen, aber ich weiß, daß es dort irgendwo noch ein Land geben muß – und Menschen!"

„Gando, so etwas darfst du denken, aber nicht sagen!" beschwor Duana ihren Gast. „Es widerspricht den Großen Wahrheiten!"

„Es widerspricht den Großen Lügen!" stieß Gando mit blitzenden Augen hervor.

„Ich bekomme Angst um dich, Fremder", murmelte Duana.

Gando lächelte sie besänftigend an. „Ich weiß, wem ich mich anvertraue."

„Hör mir zu!" forderte die Heilerin. „Ich bin mehrmals auf den höchsten Berg von Tay Manka gestiegen und habe nur endloses Wasser gesehen, aber nirgendwo ein Stück Land. Alle, die dort oben waren, haben dasselbe wahrgenommen wie ich. Und nun kommst du und behauptest, unsere Augen seien schlecht."

„Meine Augen sind nicht besser als deine oder die der anderen. Aber wenn die Sonne unsere Augen täuschen kann, *warum soll das Meer es nicht auch können? Vom Gipfel unseres höchsten Berges sehen wir kein anderes Land, aber wenn wir weit, ganz weit aufs Meer hinausfahren, werden wir es entdecken!"*

„Sei vorsichtig, Gando! Du bist nicht der erste, der eine Große Wahrheit anzweifelt. Doch noch keinem ist es gelungen, eine Große Wahrheit umzustürzen. Und du hast nicht einmal mich überzeugt."

„Ich werde dich überzeugen", versprach Gando mit sicherer Stimme.

„Dann beginne jetzt und hier damit!"

Gando schüttelte bedauernd den Kopf. „Ich kann es nicht jetzt und auch nicht hier. Wir müssen warten, bis ich wieder richtig gehen kann. Dann werde ich dir etwas zeigen, das dich überzeugen wird."

Duana sah ihn mit einer Mischung aus Unglauben und Erwartung an. „Zeigen?"

Gando nickte. „Der Beweis dafür, daß wir nicht die einzigen Menschen in der Schöpfung sind, ist in einem Versteck an der Küste, auf halbem Weg zwischen den Dörfern Baykane und Yangabe. Ich will dir eine Frage stellen, die mich beschäftigt. Sie mag dich erschrecken, aber sie wäre dir wohl auch gekommen, wenn du gefunden hättest, was ich fand."

„Stelle deine Frage", ermutigte ihn Duana.

„Wenn eine Große Wahrheit eine Lüge oder ein Irrtum ist, könnten es die anderen dann nicht auch sein?"

Duana schüttelte abwehrend den Kopf. „Hör auf! Du gehst zu weit! Hast du denn keine Angst, so zu reden?"

Gando lächelte. „Warum? Du bist der erste Mensch, zu dem ich so offen spreche. Mein Gefühl sagt mir, daß ich es wagen kann."

„Dein Gefühl trügt dich nicht. Aber vielleicht trügt dich dein Verstand. Sage mir: Was hast du entdeckt?"

„Du wirst es bald mit eigenen Augen sehen!" versprach Gando. „Sieh, Neora steht auf. Wo mag sie hingehen?"

Duana zuckte mit den Schultern. „Vielleicht zu ihrer Familie. Später wird sie zu uns heraufkommen.“

„Ich hoffe, daß sie heute mit mir spricht“, sagte Gando.

„Neora!“ rief Yuna aus, als ihre Tochter die Schwelle der Hütte betrat, ging freudig auf sie zu und schloß sie in die Arme.

„Wo ist Vater, und wo ist Tonkao?“ fragte Neora, als sie mit der Mutter auf den Sitzmatten am Bambustisch saß, den eine Vase mit frisch gepflückten Blumen zierte.

„Dein Vater und dein Bruder sind in die Grünen Hügel auf die Jagd gegangen. Sie werden nicht so bald zurück sein. Aber was machst du für ein Gesicht, Neora? Bedrückt dich etwas?“

Neora nickte. „Tago ist beleidigt. Seine Miene ist hart und verschlossen. Ich habe ihm gestern versprochen, noch vor Sonnenuntergang sein Fangnetz auszubessern, bin aber nicht mehr dazu gekommen. Heute morgen flickte er es selbst. Als ich ihm dabei helfen wollte, wies er mich grob zurück und tat so, als gäbe es mich nicht mehr. Ach Yuna, Tago kann so kleinlich und stur sein! Was macht es schon, ob das Netz heute oder morgen geflickt wird? Wir leiden doch deshalb keinen Hunger!“

„Jeder Mensch hat ein paar schlechte Eigenschaften“, sagte Yuna, „Tago hat auch seine guten Seiten.“

„Ja, Mutter, die hat er gewiß. Doch wenn er sein Gesicht erstarren läßt und durch mich hindurchsieht, ist er mir so fremd und ferner als die Sterne am Himmel. Und ich weiß nicht, warum ich noch immer mit ihm zusammen wohne.“

Yuna beugte sich vor, streichelte Neoras Arm und sagte leise: „Du kannst heute noch zu uns zurückkommen – oder wann immer du es willst! Schau, deine Schlafmatte liegt noch an ihrem alten Platz, und dort wird sie auch liegenbleiben. Vielleicht solltest du in den nächsten Tagen in unserer Mitte wohnen. Es wird dir bestimmt guttun und dir helfen, deine Gefühle zu klären.“

„Danke, Yuna.“ Neora erwiderte das herzliche Lächeln ihrer Mutter und umarmte sie. „Es ist gut zu wissen, daß eure Hütte immer noch mein Zuhause ist.“ Dann wurde ihr Gesicht wieder ernst. „Ich mache mir Sorgen um meinen Bruder. Der nächste Vollmond rückt Tag für Tag näher. Wenn Tonkao doch schon aus dem Kindesalter heraus wäre!“

„Es kann nur noch wenige Monde dauern, bis Tonkao zum jungen Mann wird. Aber sorge dich nicht zu sehr! Es gibt in Tay Manka Hunderte und Aberhunderte von Kindern, die für das Opfer in Frage kommen. Warum soll es gerade unseren Jungen treffen? Außerdem war das letzte Opfer an Yabah ein Junge. Deshalb wird es diesmal wohl ein Mädchen sein!“

„Warum opfern sie nicht einen alten Menschen?“ fragte Neora heftig. „Einen, der ohnehin bald sterben muß.“

„Du weißt doch“, versuchte Yuna sie zu beruhigen, „nur ein junges Menschenleben kann den Meeresgott zufriedenstellen. Nur ein Kind kann Yabahs Zorn von uns abwenden. So heißt es in den Großen Wahrheiten. Auch wenn es uns ängstigt und betrübt: Wir müssen ein Leben opfern, um unser aller Leben zu bewahren. Wir können froh sein, daß Yabah nicht zwei Kinder verlangt.“

Neora schüttelte traurig den Kopf. „Selbst wenn es so ist – ich werde mich nie damit abfinden.“

„Es ist so, Neora. Und wir können es nicht ändern. Wir müssen damit leben.“

„Wie geht es Tonkao?“ fragte Neora nach einer Weile.

„Gut. Sogar sehr gut“, antwortete Yuna, und ihre großen Augen glänzten. „Ich glaube, er lernt gerade die Liebe kennen.“

„Was?“ rief Neora überrascht. „Unser Tonkao? Und wer ist seine Auserwählte?“

„Tyana.“

„Oh! Tonkao hat einen guten Geschmack.“ Neora lachte.

Plötzlich ertönten laute Männerstimmen unweit der Hütte. Ein Kind begann zu weinen. Neora und Yuna sahen sich befremdet an, gingen vor die Tür und sahen, wie drei Boten mit strengen Gesichtern geradewegs auf ihre Hütte zukamen.

Yunas Augen weiteten sich vor Schreck, ihr Herz begann zu rasen, und Schwindel trübte ihren Blick. Sie hielt sich an Neoras Schulter fest und flüsterte: „Oh nein! Neora, sie wollen Tonkao holen. Sie holen Tonkao!"

Neora legte ihren Arm um Yunas Hüfte. „Beruhige dich, Mutter. Du täuschst dich! Die Boten holen das Kind seit jeher am Tag vor der Vollmondnacht – und der ist erst übermorgen. Sie müssen aus einem anderen Grund kommen!"

Yuna sah Neora erleichtert in die Augen.

Die drei Boten blieben wenige Schritte vor den beiden Frauen stehen. Der älteste von ihnen ergriff das Wort: „Bist du Neora, Tochter von Doko und Yuna?"

Neora nickte und betrachtete die Männer. Der älteste hatte die angespannte Miene eines Mannes, der immer auf der Hut ist. Die beiden jüngeren konnten noch nicht allzu lange im Mannesalter sein. Ihre Körper waren zwar ganz ausgebildet, doch in ihren Gesichtern war noch manches Jungenhafte, das ihre harten, ernsten Mienen nicht verbergen konnten.

„Ich begehre Auskunft von dir!" Der älteste sah Neora mit einem durchdringenden Blick an. „Gestern ist die Dienerin Lisaya aus Tona Kandu geflüchtet. Du warst ihre beste Freundin, bevor sie zu den Sieben Weisen gerufen wurde. Wir vermuten, daß ihre Flucht sie zurück in ihr Heimatdorf führt, zu ihrer Familie und ihrer Freundin. War sie vielleicht schon bei dir?"

Neora schüttelte den Kopf. „Nein, ich habe sie leider seit vielen Monden nicht mehr gesehen."

„Kennst du einen Ort in Baykane oder in der Umgebung, wo sie sich versteckt halten könnte?"

Neora schüttelte den Kopf.

Der Bote sah sie ungläubig an. „Kein Versteck, keine Zuflucht? Ihr habt doch schon als Kinder zusammen Verstekken gespielt, du und sie. Wo habt ihr euch damals am liebsten verborgen?"

„Oberhalb des Dorfes erstreckt sich der Bambuswald. Hinter dem Bambuswald liegen die Grünen Hügel mit ihren zahllosen Bäumen und üppigem Dickicht. Dort gibt es hinter jedem Strauch und Busch ein gutes Versteck. Aber ich glaube nicht, daß sie dorthin geflüchtet ist."

„Warum zweifelst du daran?"

„Weil sie klug ist und vorhersehen kann, daß ihr sie dort suchen werdet. Aus dem gleichen Grund wird sie auch nicht ins Dorf kommen."

„Und wohin, denkst du, wird sie gehen?"

Neora zuckte mit den Achseln. „Sie hat Verwandte und Freunde in mehreren Dörfern des Landes. Alle, die sie kannten, hatten ein Herz für sie, und ich bin sicher, sie haben es noch immer!"

Der Bote trat einen Schritt auf Neora zu und sah sie drohend an. „Wir werden Lisaya finden! Sie wird ihrer Strafe nicht entrinnen. Falls sie sich zu dir flüchten sollte, sage ihr: Wenn sie sich uns stellt, könnte das Urteil des Hohen Rates milder ausfallen! Sollten wir sie bei dir finden, wirst auch du streng bestraft – wie alle, die ihr helfen!"

„Habt ihr so große Angst vor einer jungen Frau, daß drei kräftige Männer mit Speeren, Messern, Blasrohren und Giftpfeilen nötig sind, sie zu jagen?" spöttelte Neora.

In den Augen des Boten blitzte Zorn auf. „Sie ist nicht allein geflüchtet!" stieß er hervor, schien aber seine Worte gleich darauf zu bereuen. „Denke du nur daran, allen zu sagen: Wer Lisaya hilft, teilt ihre Schuld und Strafe! Wo finden wir Lisayas Eltern?"

Neora streckte den Arm aus. „Dort, in der Hütte bei dem großen Toami-Baum."

„Vergiß meine Worte nicht!“ warnte der Anführer Neora. „Wer uns etwas mitzuteilen hat, findet uns in der Hütte des Dorfrates, wo wir wohnen werden, bis unser Auftrag erfüllt ist.“

Dann eilten die Boten davon. Neora lief ein kalter Schauer über den Rücken.

„Komm zurück in die Hütte, Neora“, sagte Yuna, „ich muß mich setzen. Es hätte Tonkao sein können, den sie suchen.“

„Daß sie Lisaya suchen, ist schlimm genug“, murmelte Neora. Sie ahnte, wo Lisaya sich versteckt hielt, falls sie wirklich in der Nähe von Baykane war. Als Kinder hatten sie und Lisaya beim Suchen von Waldbeeren in den Grünen Hügeln eine Höhle entdeckt. Ihre tiefliegende Öffnung war durch üppige Beerensträucher verborgen gewesen. Lisaya hatte sie nur erspäht, weil ihre Augen einer kleinen, prächtig gefärbten Eidechse gefolgt waren, die vor den Schritten der Mädchen geflohen war. Die Höhle war zu ihrer Überraschung und Freude höher und weiter, als ihr schmaler Eingang hatte vermuten lassen.

Neoras Gedanken kehrten zu dem Augenblick zurück, als sie sich mit klopfendem Herzen in die Höhle vortastete, wobei sie auf eine Giftschlange trat. Sie spürte einen jähen Schmerz in ihrer Wade und schrie laut auf. Geistesgegenwärtig riß Lisaya einen schweren Stein vom Boden empor und schmetterte ihn mit der Kraft der Angst auf den Kopf der Schlange. Sogleich führte sie ihr Messer geschickt um die Bißstelle, saugte das Blut aus der Wunde und spuckte es aus. Dann liefen die Mädchen auf dem schnellsten Weg zu Duana, und die Heilerin tat, was in ihren Kräften stand. Später sagte Duana einmal zu Neora, daß ihre Hilfe wohl zu spät gekommen wäre, wenn Lisaya ihr nicht sofort nach dem Schlangenbiß den größten Teil des Giftes aus dem Bein herausgesogen hätte.

Neoras Blick fiel auf ihre rechte Wade, wo eine kleine Narbe sie immer daran erinnern würde, daß sie Lisaya und Duana ihr Leben verdankte.

Die Freundinnen hatten damals niemandem verraten, an welchem Ort die Schlange Neora gebissen hatte – nicht einmal der Heilerin. Sie sei über einen Stein gestolpert, unter dem die Schlange gelegen habe, sagten sie allen, die danach fragten.

Als Neora mit Duanas Hilfe das vom Schlangengift entfachte Fieber überstanden hatte und wieder zu Kräften gekommen war, zog es sie und Lisaya zurück zu der Höhle. Doch diesmal und alle darauf folgenden Male waren sie sehr vorsichtig. Nach und nach schafften sie heimlich zwei Schlafmatten, Decken, getrocknetes Obst, geräucherten Fisch, Nüsse und Wachslichter in die Höhle und verbrachten viel Zeit dort mit dem aufregenden Gefühl, vor aller Augen verborgen zu sein. Ihre Freundschaft wurde durch das mit Todesangst, Lüge und Fieber erkaufte gemeinsame Geheimnis noch tiefer.

Viele Monde später, als aus den Mädchen zwei junge Frauen geworden waren, kamen drei Boten nach Baykane und führten Lisaya fort nach Tona Kandu, wo sie ihr weiteres Leben als Dienerin der Sieben Weisen verbringen sollte. Die Boten beglückwünschten sie und sagten, dies sei bekanntlich die höchste Ehre, die einer jungen Frau zuteil werden könne. Aber sie ließen Lisaya nicht einmal die Zeit, sich von ihrer Familie und ihren Freunden gebührend zu verabschieden.

Neoras Herz schmerzte bei der Erinnerung an den Augenblick, als einer der Boten Lisaya aus ihren Armen zerrte, mit einem Blick, als bereite es ihm Freude, die Freundinnen zu trennen. Lisaya weinte bitterlich, denn sie wußte, daß sie ihre Eltern und ihre Freunde nicht mehr wiedersehen würde. Den Dienerinnen war es unmöglich, das Dorf der Weisen zu verlassen oder Besuch zu empfangen. Seit diesem Tag haßte Neora die Boten.

„Machst du dir Sorgen um Lisaya?“ fragte Yuna, als ihr Herz wieder ruhiger schlug.

„Ja“, gestand Neora, „ich fürchte um ihr Leben!“

Von ihrem Haß auf die Boten sagte sie kein Wort. Man konnte Yuna nicht alles anvertrauen. Die Mutter hatte ein großes Herz, doch ihre Zunge war manchmal schneller als ihr Verstand, vor allem, wenn sie aufgeregt war.

Neora entschloß sich, so bald wie möglich zu der Höhle zu gehen, um Lisaya, falls sie sich dort versteckt hielt, ihre Hilfe anzubieten. Dabei mußte sie Vorsicht walten lassen, denn es war möglich, daß ihr ein Bote folgen würde.

Die Heilerin und ihr Gast hatten sich inzwischen zum Schutz vor der heißen Mittagssonne in die Hütte zurückgezogen.

„Du hast etwas von Dayko, meinem Sohn“, sagte Duana. „Auch sein Denken war klar und mutig. Ihr hättet euch gut verstanden.“

Gando sah Trauer in Duanas Augen und senkte mitfühlend den Kopf.

„Es sind nun schon dreizehn Monde vergangen seit dem Tag, als er mit seinem Einbaum aufs Meer hinausfuhr und nicht mehr zurückkam. Er wollte – wie du – nicht daran glauben, daß Tay Manka das einzige Land der Schöpfung ist. Er wagte sich immer weiter hinaus, um nach einem anderen Land Ausschau zu halten. Ich konnte ihn nicht davon abbringen. Aber mich beruhigte, daß er einen besonders guten Einbaum hatte, den er vortrefflich beherrschte. Er kannte die Strömungen des Meeres und verstand die Kunst, nach der Bahn der Sonne und der Stellung der Gestirne seinen Standort zu bestimmen.“

„Gab es einen Sturm in der Zeit seines Verschwindens?“ fragte Gando.

Duana schüttelte den Kopf.

„Hatte er Wasser und Nahrung mitgenommen?“

„Das tat er immer. Manchmal blieb er über Nacht draußen und kam erst am nächsten Tag zurück. Er liebte das Meer und hatte zu wenig Angst davor. Warum mußte es nur so kommen? Er war viel zu jung zum Sterben.“

„Du kannst nicht sicher sein, daß er tot ist. Vielleicht hat er ein anderes Land gefunden und lebt jetzt dort."

„Es gibt kein anderes Land", sagte Duana mutlos.

„Doch, Heilerin! Ich würde dir keine Hoffnung machen, wenn ich nicht einen guten Grund dafür hätte."

„Aber wenn es so wäre, wie du es für möglich hältst, wenn Dayko doch noch lebt – warum ist er dann nicht längst zurückgekommen, um mir die Trauer zu nehmen?"

„Wer kann das wissen? Vielleicht aus Angst. Wenn er zurückgekehrt wäre und uns von einem anderen Land berichtet hätte – was denkst du, was mit ihm geschehen wäre?"

Duana senkte den Blick.

„Die Sieben Weisen hätten ihn der Lüge beschuldigt und ihn von der Klippe der Verräter stürzen lassen", antwortete Gando statt ihrer, „um ihre verdammten Großen Wahrheiten zu schützen."

Neora eilte den stetig ansteigenden Weg zur Hütte der Heilerin hinauf und versuchte, ihre innere Unruhe zu meistern. Sie war von Erwartung und zugleich von Furcht davor erfüllt, den Fremden wiederzusehen. Fast wünschte sie sich, daß er auch diesmal schlafen würde, als sie vor Duanas Hütte stand und den Namen der Heilerin rief.

Duana öffnete die Tür, umarmte Neora und bat sie herein. Der Fremde saß mit gekreuzten Beinen auf einer Schlafmatte und begrüßte Neora mit einem Lächeln und leichtem Kopfnicken. Sie erwiderte kurz sein Lächeln, wich aber dann seinem Blick aus und setzte sich. Niemand sprach. Es war, als fühlten sie, daß ein gemeinsames Schweigen der beste Anfang für ein Gespräch war.

Schließlich ergriff Duana das Wort: „Gut, daß du da bist, Neora. Ich habe mich auf dich gefreut."

Neora lächelte, doch sogleich wurde ihr Gesicht wieder ernst. „Ich bringe schlechte Neuigkeiten: Drei Boten sind heute ins Dorf gekommen. Sie suchen Lisaya!"

„Lisaya? Ist sie aus Tona Kandu geflohen?" rief Duana überrascht. „Warum hat sie das getan?"

„Ich weiß es nicht." Neora senkte den Kopf. Sie schloß die Augen und sah Lisayas Gesicht vor sich, hörte ihr Lachen, fühlte die Wärme ihrer Nähe. Wie unglücklich mußte sie sich in Tona Kandu gefühlt haben, daß sie die tödliche Gefahr der Flucht auf sich nahm!

„Einer der Boten sagte", fügte Neora hinzu, „daß Lisaya nicht allein geflohen sei und wahrscheinlich in unserem Dorf Zuflucht suchen werde. Sie gehen von Tür zu Tür und warnen alle davor, ihr zu helfen."

„Boten!" rief Gando verächtlich. „Ihr Name ist eine Lüge! Es sind Kämpfer und Jäger, Menschenjäger. Ihre Überzeugungskraft liegt im Gift auf den Spitzen ihrer Pfeile, in der Schärfe ihrer Messer, im Flug ihrer Speere."

„Ich verachte sie auch", gestand Neora und stellte sich Gandos Augen. Ihre Blicke trafen sich, doch diesmal verlor Neora nicht die Beherrschung über sich. Statt dessen gewann sie ein schönes, helles Gefühl, das in ihren ganzen Körper strömte und sie belebte.

„Es tut mir leid, daß ich deinen Gruß nicht erwidert habe, als du vorgestern ins Dorf kamst. Ich war überrascht und verwirrt", erklärte Neora.

„Es sah fast so aus, als hättest du Angst vor mir."

„Nein", sagte sie, „warum sollte ich Angst vor dir haben? Vor den Boten kann man Angst bekommen, wenn man in ihre Augen sieht. Was hat ihre Blicke nur so verhärtet?"

„Ihre Macht hat sie verdorben", antwortete Duana.

„Nein", widersprach Gando, „die Macht der Sieben Weisen hat sie verdorben! Die schwachen alten Männer benutzen die starken jungen Männer als Werkzeuge, und die jungen sind auch noch stolz darauf. Sie nennen sich Boten der Großen Wahrheiten, rühmen sich ihrer Tapferkeit und zerren wehrlose Kinder aus den Armen ihrer Eltern. Sie bringen junge Frauen fort, um sie der besonderen Ehre zuzu-

führen, sieben Alten zu dienen. Was von dieser Ehre zu halten ist, zeigt Lisayas Flucht!"

Duana legte ihre Hand auf Gandos Schulter. „Wenn du zu anderen so leichtsinnig sprichst wie zu uns, werden die Boten bald auch Jagd auf dich machen."

„Nenne sie nicht Boten, Duana! Es sind Krieger, die Krieger der sieben alten Männer mit ihren Großen Unwahrheiten! Wir leben in ständiger Angst vor ihnen, und diese Angst macht unsere Herzen schwer und beschneidet die Flügel unserer Seelen. Diese Männer führen einen Krieg gegen uns alle, und sie führen ihn schon viel zu lange!"

Duana sah Gando mit bestürzter Miene an. „Was willst du damit sagen?"

Gandos und Neoras Blicke trafen sich. Wieder spürte Neora die Kraft des Fremden in ihr Herz fließen. Und sie hörte ihn sagen: „Daß es an der Zeit ist, diesen Krieg zu beenden und dem Volk die Freiheit zurückzugeben, die ihm in alten Zeiten von den Sieben Weisen geraubt worden ist."

Neoras Augen weiteten sich vor Schreck. „Willst du etwa die Menschen zu einem Aufstand bewegen?"

„Ich muß es versuchen", sagte Gando.

„Warum gerade du?"

„Ist es nicht einerlei, wer den ersten Schritt macht? Entscheidend ist, daß die anderen ihm folgen!"

Duana schüttelte den Kopf. „Nein, Fremder! Besinne dich! Ich achte deinen Wagemut, doch er wird dich in den Tod führen – und alle, die dir folgen."

„Er wird uns in die Freiheit führen", beteuerte Gando.

„Selbst wenn sich dir viele Menschen anschließen, werdet ihr den Kampf verlieren", widersprach Neora heftig. „Ein Bote nimmt es mit vier Angreifern auf: den ersten trifft sein Giftpfeil, den zweiten sein Speer, den dritten sein Messer, den vierten seine Faust. Es wird viel Blut fließen, und du wirst der erste sein, den sie töten! Danach wird alles

sein wie vorher, doch viele Frauen werden um ihre Gefährten trauern, viele Kinder um ihre Väter weinen. Willst du, daß unsere Männer sich vergeblich opfern? Kannst du die Verantwortung für ihr Leben tragen?"

Gando sah Neora fest in die Augen. „Das kann keiner! Aber wir müssen alles tun, um ein Blutvergießen zu verhindern. Auf blutgetränktem Boden wachsen keine Blumen mehr. Wir werden einen Kampf führen, der mit den Waffen des Geistes entschieden wird. Nicht nur mit Messer, Speer und Pfeil, sondern vor allem mit Umsicht, Klugheit und List werden wir ihn gewinnen."

„Du redest, als hättest du einen Plan", sagte Duana.

„Ich weiß, wo das nächste Kind geopfert werden soll. Die Sieben Weisen haben ihre Entscheidung über den Ort der Opferhandlung bereits getroffen. Er ist noch geheim. Aber nahezu jedes Geheimnis hat ein Loch, durch das es hinaussickert. Vor einigen Tagen habe ich in Yangabe zwei Boten belauscht, deren Vorsicht beim Genuß des Sagu-Trankes zu schwinden begann. Sie sprachen davon, daß Baykane als Ort der Opferzeremonie erwählt wurde – und daß einige Tage vor Vollmond drei Boten dorthin gesandt werden sollen, um ein geeignetes Mädchen ins Auge zu fassen. Als Neora uns die Nachricht brachte, daß heute drei Boten in Baykane eingetroffen seien, fand ich die unbedacht gesprochenen Worte der Sagu-Trinker bestätigt."

„Willst du damit behaupten …?" Neora hielt erschrocken die Hand vor den Mund.

Gando nickte. „Die drei Boten suchen nicht nur Lisaya, sondern auch ein Mädchen im Stand der Unschuld. Das nächste Opfer an den Meeresgott wird hier in Baykane dargebracht, vor unseren Augen. Und ein Kind aus unserer Mitte wird einen erbärmlichen und sinnlosen Tod erleiden!"

Neora und Duana sahen sich entsetzt an.

„Wenn wir es zulassen!" rief Gando.

„Wir! Wir! Du sprichst immer von uns", ereiferte sich Duana, „als würden wir dir in allem zustimmen, was du sagst. Aber so ist es nicht! Wir haben dich eindringlich gewarnt – Neora und ich. Besinne dich, ehe es zu spät ist, Fremder! Wir brauchen keinen, der uns ins Unheil führt."

„Aber da seid ihr doch schon so lange", entgegnete Gando, „und ihr wißt es auch! Oder ist es etwa kein Unheil, ständig in der Angst zu leben, daß eure Nächsten von den Boten entführt werden? Neora, denkst du ebenso wie Duana? Wirst du auch noch so denken, wenn sie deinen kleinen Bruder als Opfer auswählen?"

Neora senkte verstört den Kopf und versuchte, sich zu sammeln. „Es ist nicht ... richtig", sagte sie stockend, „daß die Sieben Weisen immer wieder eines unserer Kinder opfern und junge Frauen zu sich bringen lassen. Und es ist nicht richtig, daß sie ... alle Menschen töten lassen, die sich den Großen Wahrheiten widersetzen." Dann hob sie den Blick und sah Gando in die Augen. „Aber was können wir daran ändern? Manche haben es vor uns versucht, und alle liefen in ihr Verderben."

Gando beugte sich vor und erwiderte nachdrücklich: „Manche haben es vor uns versucht, doch uns kann es gelingen!"

Duana schüttelte ungläubig den Kopf. „Woher nimmst du nur soviel Wagemut und Zuversicht, Gando?"

„Aus meinem Plan. Ich trage ihn schon seit nahezu sieben Monden in mir, seit der Nacht, als ..." Gando senkte den Kopf, als lähme eine schmerzliche Erinnerung seine Zunge. Nach einer Weile sprach er mit veränderter, leiserer Stimme weiter: „Seit der Nacht, als sie meinen kleinen Bruder Haruno ihrem verdammten Meeresgott geopfert haben!"

Duana schlug die Hände vors Gesicht. Neora war es, als müsse sie weinen, doch ihre Augen blieben trocken.

„Ich habe wie ein Toter auf dem Rücken gelegen und bis zum Morgengrauen in den Vollmond gestarrt, nachdem sie

Haruno geopfert hatten. Und die Saat des Planes sank vom Vollmond herab in meine Seele. Lange ist er Tag für Tag, Nacht für Nacht gediehen und gewachsen, ist aufgeblüht in der Farbe der Hoffnung auf ein Leben ohne Angst – und nun trägt er die Früchte der Freiheit. Doch ich allein kann sie nicht pflücken. Wir alle müssen sie ernten, wenn wir davon kosten wollen."

„Wirst du uns deinen Plan anvertrauen?" fragte Duana.

„Ja", versprach Gando, „doch zuvor will ich euch mein Geheimnis zeigen. Werde ich morgen wieder gehen können?" Gando warf Duana einen fragenden Blick zu, den die Heilerin mit einem zuversichtlichen Nicken beantwortete.

Dann stand sie auf und sagte: „Ich gehe jetzt noch einmal in den Wald, um frische Anyun-Blätter für deinen Fuß zu schneiden. Wenn du ihn bis morgen früh schonst, wird er dir wieder die gewohnten Dienste leisten. Solltet ihr Hunger oder Durst bekommen, nehmt euch von meinen Vorräten."

„Soll ich die Anyun-Blätter besorgen?" bot Neora an.

Die Heilerin wehrte freundlich ab und sagte: „Laß nur, es gibt zur Zeit nur wenige Anyun-Pflanzen, und ich weiß am besten, wo sie wachsen. Außerdem will ich noch ein paar andere Kräuter mitbringen."

„Bringst du auch noch mehr von den beiden Pflanzen mit, aus welchen du mir gestern jenen Trank gemacht hast, der mich unwiderstehlich in den Schlaf zog?" bat Gando. „Wie nanntest du sie noch – Kala und Yomba?"

Duana wirkte befremdet. „Ja, so heißen sie. Aber du brauchst sie nicht mehr!"

„Ich brauche sie – für meinen Plan", gab Gando zu.

Duana warf ihm einen nachdenklichen Blick zu, nickte zum Zeichen ihrer Zustimmung, hängte sich ihre Tasche über die Schulter und sagte: „Ich werde nicht vor Sonnenuntergang zurück sein."

„Es tut mir so leid, daß sie deinen kleinen Bruder geopfert haben", beendete Neora das eigenartige Schweigen, das nach Duanas Fortgang entstanden war.

Gando wandte den Kopf ab, als wolle er nicht, daß Neora sein Mienenspiel sah. „In wenigen Tagen könnte es dein kleiner Bruder sein, den sie opfern", sagte er leise.

Neora fühlte, wie ihr kalt vor Angst wurde. „Warum sprichst du so?" fragte sie mit zitternder Stimme. „Warum quälst du mich?"

„Ich? Nicht ich quäle dich, sondern die Sieben Weisen. Ihnen hast du deine Angst zu verdanken, daß Tonkao das Opfer sein könnte – nicht mir."

„Es wird dieses Mal ein Mädchen sein", murmelte Neora, als hätte sie Gandos Worte nicht recht wahrgenommen.

„Ja, vielleicht wird die Wahl auf Tonkaos kleine Freundin Tyana fallen", erwiderte Gando in bitterem Ton. „Duana hat mir erzählt, daß er seit Tagen mit ihr Hand in Hand geht und sie sehr liebhat."

Neora stöhnte auf.

„Wäre es denn nicht genauso schlimm, wenn die Wahl auf Tyana fiele?"

Neora senkte den Kopf und sagte mit kaum vernehmbarer Stimme: „Ja. Es wäre genauso schlimm, wenn es Tyana träfe oder ein anderes Mädchen, weil dadurch Menschen in großes Leid gestürzt würden. Dieses Opfer ist eine wilde Grausamkeit, die dem Herzen tiefe Wunden schlägt. Aber alle sagen: Es muß dargebracht werden, sonst begräbt eine Sturmflut Tay Manka unter sich und reißt uns mit in den Tod."

„Was alle sagen, muß nicht die Wahrheit sein", entgegnete Gando, „das gestand auch Duana ein."

„Es ist eine der Großen Wahrheiten!"

Gando lachte verächtlich und sagte geringschätzig: „Die Großen Wahrheiten! Ich sage dir, was sie in Wirklichkeit sind: ein morsches Geflecht aus Grausamkeit, Gewalt,

Ängsten, Irrtümern, Lügen – und einigen richtigen, guten Gedanken."

„Du redest, als könntest du besser als die Sieben Weisen Wahrheit von Irrtum unterscheiden!"

„Jedes Kind kann es besser als die sieben Greise in ihren dunklen Hütten, die so leben, als seien sie schon tot, die nicht für ihren Unterhalt sorgen, sondern sich bedienen lassen, die nicht mehr denken können, sondern Tag für Tag ihre Großen Wahrheiten aufsagen, damit sie einmal als Götter wiedergeboren werden."

„Hast du schon so gedacht, bevor sie deinen kleinen Bruder genommen haben?"

„Genommen?" Gando war aufgebracht. „Wie kannst du es nur so nennen? Getötet haben sie Haruno! Diesen lebensfrohen Jungen ... Es stimmt, ich habe vorher ähnlich wie du und die Heilerin gedacht: Die Opferung ist furchtbar, aber es wird schon die anderen treffen. Alle hoffen immer, daß es die anderen trifft, aber sie kommen nicht auf den Gedanken, dafür zu sorgen, daß es keinen mehr trifft."

„Weil alle die Große Flut fürchten!"

„Die nicht kommen wird, ob wir ein Kind opfern oder nicht."

„Wie kannst du da so sicher sein?"

„Weil es keinen Meeresgott gibt! Nur Menschen, die Angst haben. Wir müssen uns zusammenschließen, um diese Angst zu überwinden."

„Das ist leichter gesagt als getan", gab Neora zu bedenken.

„Natürlich. Aber damit darf nicht entschuldigt werden, daß es nie versucht wurde. In den Überlieferungen ist öfter von einzelnen Zweiflern und Aufständischen die Rede, deren trauriges Schicksal uns davon abschrecken soll, ihrem Weg zu folgen. Aber keine einzige Überlieferung erzählt von einer Verschwörung. Noch nie hat es in unserer Geschichte Menschen gegeben, die sich zusammenfanden und ver-

schworen, um gemeinsam die verhängnisvolle Macht des Hohen Rates zu brechen! Doch gerade dies ist der einzige Weg zur Freiheit. Einzeln sind wir zum Scheitern verurteilt – gemeinsam kann uns alles gelingen!"

Gando sah Furcht und Zweifel in Neoras Augen und fuhr fort: „In der Zeit nach dem Tod meines kleinen Bruders war ich wie erstarrt. Ich trauerte mit meinen Eltern und den Freunden unserer Familie um Haruno. Als die anderen schließlich wieder ihr gewohntes Leben aufnahmen, versuchte ich es ihnen gleichzutun, doch es gelang mir nicht. Ich war immer ein guter und leidenschaftlicher Jäger gewesen, doch auf einmal widerstrebte mir die Jagd. In jedem Tier, auf das mein Blasrohr zielte, erkannte ich nun einen einzigartigen Teil der Schöpfung, den ich nicht mehr, wie früher, mit einem Atemstoß vernichten konnte. Harunos Tod hatte meine Seele verändert: Ich konnte nicht mehr töten. Meine Eltern und meine Schwester waren besorgt um mich, denn auch mein Geist begann sich zu verändern. Vor Harunos Tod war ich fröhlich, gesellig und für jeden guten Spaß zu haben gewesen. Jetzt drängte es mich immer häufiger, allein zu sein. Wenn ich mit den anderen zusammensaß, war ich wortkarg und hörte oft zu Recht ihre Klagen, daß nur mein Körper anwesend sei. Es war die Saat des Vollmonds, die in mir zu keimen begonnen hatte. Ein Plan entstand. Er zwang mich zum Nachdenken und ließ mich unermüdlich nach einem Weg suchen, wie anderen Menschen das Leid erspart bleiben könnte, den Bruder oder die Schwester, die Tochter oder den Sohn durch grausame Menschenhand zu verlieren. Die Suche nach diesem Weg führte mich durch das ganze Land und zu den Anfängen unserer Geschichte. Vor fünf Monden zog es mich fort aus meinem Dorf. Seitdem bin ich bei den unterschiedlichsten Menschen zu Gast gewesen, habe ihre Freuden und Sorgen, ihre Gedanken und Gefühle geteilt. Ich war immer in Bewegung, eine große Unrast trieb mich von Dorf zu Dorf, von Mensch zu Mensch, von Gespräch zu Gespräch. Ich habe wohlüberlegte Fragen gestellt und gut auf die Zwischentöne in den Antworten geachtet. So sind mir immer mehr die Augen aufgegangen über das, was in den Menschen vorgeht. Ich habe in ihre Herzen geschaut und die alte Angst gesehen, aber auch einen neuen Mut. Und ich erkannte voller Freude: Immer mehr Menschen beginnen zu zweifeln! Ihr allzu tiefer, argloser Schlaf ist flach geworden – doch noch sind sie nicht ganz erwacht. Aber es fehlt nicht mehr viel! Ein entscheidendes Wort zur rechten Zeit, eine Berührung an der richtigen Stelle, und sie öffnen ihre Augen! Immer wieder habe ich die Sprache auf den Hohen Rat gebracht und erkannt, daß die Macht der alten Männer von Tona Kandu längst nicht mehr so gefestigt ist, wie sie wohl wähnen. Den Menschen behagt es immer weniger, daß sie sich hinter einem unüberwindbaren Zaun vor ihnen verbergen. Sie wollen die Sieben Weisen sehen, wollen mit ihnen sprechen, von Angesicht zu Angesicht. Ich erfuhr auch, daß in der letzten Zeit einige Männer auf ungeklärte Weise verschwunden sind, als habe die Erde sie verschluckt. Männer aus verschiedenen Dörfern, die alle etwas Gemeinsames gehabt hatten: ihr Aufbegehren gegen die Macht der Sieben Weisen. Eltern, deren Kinder geraubt wurden, sind erfüllt von Trauer und Haß auf den Hohen Rat, und ihre bitteren Klagen bewegen die Herzen ihrer Freunde und Nachbarn, werden weitergetragen von Ohr zu Ohr, von Dorf zu Dorf. Überall wird, wenn auch noch mit gedämpfter Stimme, schlecht über die Sieben Weisen geredet. Bei den Mutigsten habe ich die Bereitschaft gespürt, über das Wort hinaus zur Tat zu schreiten. Viele Menschen in unserem schönen Land sind wie trockenes Holz. Wenn es gelingt, sie für den Kampf um ihre Freiheit zu entzünden, wird die verhängnisvolle Macht des Hohen Rates in diesem Feuer verbrennen."

Neora sah Gando ernst an. „Ein solches Feuer kann sich gegen jene kehren, die es entzündeten, wenn der Wind sich dreht."

Nach ihren Worten entstand ein längeres Schweigen, das Gando schließlich brach: „Diese Gefahr einzugehen, sind wir unseren Kindern und Kindeskindern schuldig! Und auch uns selbst!“

„Vielleicht“, murmelte Neora nachdenklich. „Du sprachst eben davon, daß deine Suche dich auch zu den Anfängen unserer Geschichte geführt hat. Wie war das möglich, da doch niemand mehr Genaues über unsere Ursprünge weiß?“

„Niemand kann Verläßliches sagen“, stimmte Gando ihr zu, „aber ich habe viele Menschen überall im Land befragt, sorgfältig ihre Antworten gesammelt und sie zunächst miteinander, dann mit den Überlieferungen verglichen. Ich habe über die Ergebnisse dieser Vergleiche gründlich und unbeirrbar nachgedacht. So konnte ich viele kleine Steine zusammentragen und mit der Zeit ein Mosaik zusammensetzen, das unsere Geschichte darstellt. Hier und da mögen einzelne Steine fehlen, aber das Bild ist deutlich genug zu erkennen.“

„Dann zeige es mir“, bat Neora.

Und Gando begann zu erzählen: „Den Meeresgott gab es nicht von Anfang an. Er wurde geboren aus dem angstvollen Geist eines unserer Vorfahren. Unser Ahne ging schon lange mit diesem Gott schwanger, und eines Tages war es soweit: Er stand auf einer Klippe und sah auf das stürmische Meer hinaus. Auf einmal befiel ihn die schreckliche Furcht, daß eines Tages das Meer das ganze Land überschwemmen und alle Menschen töten könnte. Dies waren die Geburtswehen des Meeresgottes. Die Angst des Ahnen war so groß, daß sie seinen Verstand vernebelte und sein Herz verfinsterte. Aus dem Schoß seiner Angst wurde Yabah geboren. In seiner Verwirrung lief unser Ahne in sein Dorf zurück und steckte alle Dorfleute mit seiner Todesfurcht an. Die anderen hielten seine blinde Erregung für den Beweis seiner Wahrhaftigkeit. Er erzählte wieder und wieder, er habe auf einer Klippe gestanden, und plötzlich sei der Gott des Meeres mächtig und furchtbar vor seinen Augen aufgetaucht und habe ihn zu den Menschen geschickt, um ihnen zu sagen, er fordere von nun an in jeder siebten Vollmondnacht ein Kind als Opfer, sonst würde er das ganze Land überfluten und alle Menschen in den Tod reißen. So oder ähnlich muß es gewesen sein. Niemand hat an den Worten des Ahnen gezweifelt. Alle haben das Gestammel des Verblendeten geglaubt und weitergetragen, bis es sich wie eine Krankheit über das ganze Land ausgebreitet und unser Volk um seine Unbekümmertheit gebracht hatte. Ein einziger Mensch, von reiner Angst getrieben, hat es in den Anfängen unserer Geschichte vermocht, einen Schatten auf die Seele eines ganzen Volkes zu werfen, der noch heute auf ihm lastet!"

„So könnte es gewesen sein", sagte Neora, „aber vielleicht hatte dieser Ahne wirklich den Meeresgott gesehen und wurde von ihm zu den Menschen gesandt."

„Das halte ich für ganz unwahrscheinlich. Wenn es diesen Gott gäbe, hätte er sich nicht nur einem einzigen Menschen offenbart."

„Warum nicht? Das ist durchaus möglich. Vielleicht genügte es dem Meeresgott, sich nur einmal zu zeigen."

„Ja, gut, das mag sein", räumte Gando ein, „aber sage mir, was ist das für ein Volk, das wegen einer bloßen Möglichkeit bei jedem siebten Vollmond ein Kind in den Tod schickt, um es den wirren Einbildungen eines längst verstorbenen Narren und seinem Hirngespinst Yabah zu opfern? Ist es nicht ein sehr dummes, in seiner blinden Angst verachtenswertes Volk?"

„Es ist ein gutgläubiges Volk", antwortete Neora.

Gando nickte besänftigt und erwiderte: „Gutgläubigkeit ist die Unschuld des Geistes, die uns an Kindern entzückt. Unsere Vorfahren waren wie Kinder. Kam einer daher und sagte ihnen, von nun an hätten sie regelmäßig ein Kind zu töten, weil sie sonst alle sterben müßten, schon glaubten sie es ihm. Kam ein Kurzsichtiger und verkündete überall lautstark, Tay Manka sei der Mittelpunkt der Schöpfung, das einzige Land in einem grenzenlosen Meer, zweifelten sie nicht daran. In späteren Zeiten tauchte zum Glück ein vernünftiger Ahne mit dem Namen Kotanyo auf und gab den Menschen gute Regeln, wie sie mit Dieben, Schlägern und Waldräubern umzugehen hätten. Ein anderer Umsichtiger, Dolango genannt, zog durch das Land und überzeugte die Bewohner eines jeden Dorfes davon, ihre drei urteilsfähigsten Leute in einen Rat zu wählen, der sich aller wichtigen Angelegenheiten des Dorflebens annehmen, Streitigkeiten unter den Dorfleuten schlichten und gerechte Urteile zum Wohl des ganzen Dorfes fällen sollte. Und er lehrte sie, in der Mitte des Dorfes eine große Hütte für die Zusammenkünfte des Dorfrates zu errichten. Schließlich erschien jener Vorfahr, dem der Hohe Rat seine Macht verdankt. Sein Name war Turok. Er überzeugte die Menschen davon, daß es nicht genüge, wenn jedes Dorf einen Rat habe. Das Land brauche einen besonderen, höheren Rat, der über das Wohl von ganz Tay Manka wachen und Dinge verhandeln und beurteilen solle, welche die Belange eines einzelnen Dorfes überstiegen. Zu dieser Zeit gab es erst sieben Dörfer in Tay Manka, und ein jedes wählte einen Mann aus seiner Mitte in den neuen Rat des Landes. Die Mitglieder dieses Hohen Rates gaben sich den Namen ‚Die Sieben Weisen', waren jedoch beileibe keine Weisen, sondern Männer ohne tiefere Einsicht – aber sie kannten die Menschen und wußten um ihre Leichtgläubigkeit. Mit der Zeit wurden sie sich ihrer einmaligen Machtstellung bewußt, fanden Gefallen an ihr und begannen, sie zu benutzen. Zunächst warfen sie die alten Dummheiten, welche die Ahnen dem Volk bereits in den Kopf gesetzt hatten, in einen Topf. Dann fügten sie ein paar neue hinzu, die dem Wachstum ihrer Macht dienlich waren, würzten alles mit einigen richtigen

Gedanken, vermischten es gut – und nannten das Ganze ‚Große Wahrheiten'. Nun ließen sie kräftige junge Männer zu sich kommen, tischten ihnen den Brei salbungsvoll auf und schickten sie als Boten ins ganze Land aus. Ihre Aufgabe war es, die sogenannten Wahrheiten als allgemeingültige Grundlage der Lebensgemeinschaft zu verbreiten. Und die Menschen nahmen sie an. Als die Boten zurückkehrten, nahmen die Weisen sie in ihre Dienste, bildeten sie zu Jägern und Kämpfern aus, bewaffneten sie mit Blasrohren und Pfeilen, Speeren und Messern, um mit ihrer Kampfkraft die unverhofft gewonnene Macht zu schützen und zu stärken. Sie versprachen den Boten, daß die besten unter ihnen zur Belohnung für ihr ehrenvolles Wirken im nächsten Leben selbst als Weise wiedergeboren würden. Und die Boten glaubten ihnen."

Gando erhob sich und begann auf und ab zu gehen, während er weitererzählte: „Unerwartet starb einer der Sieben Weisen, und die sechs anderen bestimmten hinter dem Rücken des Volkes seinen Nachfolger. Kaum hatten sie seinen Körper verbrannt, fügten sie den Großen Wahrheiten eine neue hinzu: Nur der Hohe Rat sei nach dem Tod eines seiner Mitglieder befugt, einen Nachfolger zu wählen. Und die Menschen ließen es geschehen. Um ihre Sicherheit zu erhöhen, zogen sich die Weisen ins Landesinnere zurück und wiesen ihre Boten an, am Fuß der Schroffen Berge ein Dorf für sie zu erbauen, das sie Tona Kandu nannten. Sie ließen neun große Hütten – eine für jeden von ihnen, eine für ihre Zusammenkünfte und eine weitere als Heim ihrer zukünftigen Dienerinnen – nahe einer hohen, steil aufragenden Bergwand errichten und um jene Hütten herum, gleich einem doppelten Schutzwall, zwei Reihen von kleineren Hütten für ihre Boten. Zur nochmaligen Steigerung ihrer Sicherheit befahlen sie den Boten, die größten Bäume im Umkreis zu fällen und einen hohen, starken Zaun vom einen bis zum anderen Ende der Felswand halbkreisförmig *um ihre neun Hütten zu errichten, hinter dem sie im Verborgenen leben und ihre Macht verewigen wollten. Als der mächtige Zaun zwischen den Unterkünften der Boten und den Hütten der Weisen fertiggestellt war, besaßen sie einen einmaligen, halb natürlichen, halb künstlichen Schutz aus Fels und Holz. Hätten sie nicht eine schmale Pforte in die Mitte des Zaunes einarbeiten lassen, durch die sie ins Freie gelangen konnten, wäre ihr kleiner Lebensraum zu einem vollkommenen Menschenkäfig geraten. Nun richteten sie ihre Hütten ein und sandten die Boten aus, um ihnen sieben anmutige, junge Frauen herbeizubringen, die ihnen dienen und für ihr Wohlbefinden sorgen sollten, damit sie sich mit ganzer Kraft ihren Aufgaben und dem Wohl des Landes widmen konnten. Sie taten dem Volk kund, daß es für liebliche Frauen und wehrhafte Männer die allerhöchste Ehre sei, für den Hohen Rat als Dienerinnen oder als Boten zu wirken. Und die Menschen vertrauten ihnen ein weiteres Mal."*

Gando setzte sich wieder und fuhr fort: „Doch die Mütter und Väter, deren Kinder geopfert, deren Töchter entführt wurden, deren Söhne sich in der Hoffnung auf eine höhere Wiedergeburt als Boten verdingten, lernten das von menschlicher Willkür geschaffene Leid kennen. Sie teilten es mit ihren Verwandten, Freunden und Nachbarn – und hier und dort erhob sich schließlich ein Verzweifelter. Mit der Zeit mehrte sich der Widerstand gegen die Macht der alten Männer, wie uns die Überlieferungen berichten. Der Fischer Yodano bestritt den Sinn des Kindesopfers. Ein Jäger namens Pageno schlug zwei Boten nieder, die ihm seine Tochter rauben wollten, und floh mit ihr in die Grünen Hügel. Die Sieben Weisen ließen einen jeden Aufständischen von ihren Häschern ergreifen und zu sich bringen, um ihn des Frevels an den Großen Wahrheiten anzuklagen. Ihre Haltung war unnachgiebig, ihr Urteil immer grausam. Hatte sich jemand nur mit Worten gegen die Macht des Hohen

Rates erhoben, wurde ihm Gelegenheit zum Widerruf gegeben. Viele nahmen ihre Worte im Angesicht des drohenden Todesurteils zurück – und verloren auf immer ihr Gesicht. Andere widerriefen nicht und wurden von der Klippe der Verräter gestürzt. Jene Tapferen, die durch ihre Taten schuldig geworden waren, indem sie den Boten kämpferischen Widerstand geleistet hatten, wurden ausnahmslos zum Tode verurteilt. Und die von Angst beherrschten Herrscher fühlten sich wieder sicherer hinter ihrem Zaun. Als die ersten Händel und Streitigkeiten zwischen den Boten aufkamen, erkannten die Sieben Weisen, daß sie ihren Beschützern einen Anführer geben mußten – einen harten, kampfstarken Mann aus ihrer Mitte, den alle anderen bedingungslos als ihren Meister anerkennen würden. So veranstalteten sie einen Wettkampf, dessen Ziel es war, den besten Kämpfer unter den Boten ausfindig zu machen. Sie ließen einen kleinen Punkt auf den Stamm eines Baumes malen, und jeder Bote mußte auf eine Entfernung von zehn Schritten sieben Pfeile durch sein Blasrohr darauf abschießen. Dabei erwiesen sich fünf Boten deutlich als die besten Schützen von allen. Beim anschließenden Speerwerfen schieden zwei von ihnen aus, beim gezielten Messerwerfen ein weiterer. Am Ende blieben zwei Wettkämpfer übrig, und ein waffenloser Kampf zwischen ihnen sollte darüber entscheiden, welcher der beiden künftig Anführer der Boten sein würde. Diesen Zweikampf gewann ein Mann, dessen Name uns überliefert ist: Konato. Für ihn ließen die Weisen zur letztmaligen Erhöhung ihrer Sicherheit eine seiner Stellung angemessene Hütte vor der Pforte errichten. Konato mußte den Weisen den Schwur leisten, für den Schutz dieser Pforte mit seinem Leben einzustehen. Die Weisen verliehen ihm den Ehrennamen ‚Wächter‘ und sicherten ihm als Lohn für treue Dienste die Wiedergeburt als künftiges Mitglied des Hohen Rates zu. Konato war nun der unbestrittene Führer der Boten und genoß ihre höchste Achtung, denn *er hatte sich in einem gerechten Wettstreit seiner Stellung als würdig erwiesen. Einmal am Tag entriegelten die Sieben Weisen die Tür zu ihrem kleinen Lebensraum, in den erst zur Mittagszeit die Strahlen der Sonne fielen, und gaben dem Wächter ihre Weisungen. Da sie in ihrer selbstgewählten Absonderung immer absonderlicher wurden und bohrende Angst davor verspürten, sich dem Volk zu zeigen, und womöglich auch ihre Hände in Unschuld waschen wollten, übertrugen sie die Verantwortung für das regelmäßige Darbringen des Kindesopfers auf den Wächter. Als Konato gestorben war, wurde der beste Kämpfer unter den Boten auf die bewährte Weise ermittelt und vom Hohen Rat zum Nachfolger Konatos erklärt. An dieser Art der Auswahl und der unbestrittenen Geltung des Siegers hat sich bis heute nichts geändert. Der Wächter ist wie in alten Zeiten die Verkörperung des Willens der Weisen, der starke Arm ihrer Macht und Meister der Opferhandlung."*

Gando atmete tief durch und schloß seinen Bericht: „Vor knapp vierzig Monden gelangte ein Mann namens Greko in die Stellung des Wächters, und er hat sie noch heute inne."

„Ich kenne seinen Namen", sagte Neora, „doch ich sah ihn bislang nie von Angesicht zu Angesicht. Man sagt, er sei unbesiegbar."

„Kein Mensch ist unbesiegbar", erwiderte Gando. „Ich sah Greko zum ersten Mal in jener Vollmondnacht, als mein Bruder geopfert wurde. Der Wächter legte Haruno eigenhändig den Blütenkranz um den Hals und schickte ihn mit unbewegter Miene in den Tod. Er ist ein starker, stolzer Mann. Viele sagen, er kenne keine Angst vor dem Tod. Seine Boten würden für ihn durchs Feuer gehen. Ich habe oft gehört, daß es in der Geschichte von Tona Kandu noch keinen Wächter wie ihn gab. Er ist ein Meisterschütze mit dem Blasrohr, schleudert den Speer weiter als alle vor ihm und trifft mit dem Messer auf zehn Schritte Entfernung den Kopf einer Schlange. Im Kampf nimmt er es mit vier, fünf Gegnern auf."

„Ich hörte von seiner Stärke und Härte, aber es heißt auch, er sei ein ehrlicher und gerechter Mann. Auf sein Wort sei Verlaß, und er verlange von seinen Boten nicht mehr, als er selbst leiste", sagte Neora.

„Ja, das stimmt. Ich habe mir jedes Wort gut gemerkt, das mir über Greko zu Ohren kam, und oft über ihn nachgedacht – hoffentlich oft genug."

„Genug wofür?"

„Für das Gelingen des Planes. Greko ist die Brücke über dem Abgrund zwischen unserer Vergangenheit und Zukunft, aber ich kann nicht voraussagen, ob sie uns auch trägt. An ihm wird es liegen, ob sinnloses Blutvergießen vermieden werden kann, am Kampf seiner Einsicht gegen seinen Stolz, am Streit seiner Vernunft mit seinem Irrglauben."

„Wenn du von deinem Plan redest, sprichst du in Rätseln", sagte Neora, „aber das hat auch ein Gutes: Wie kann ich ihn verraten, wenn ich ihn nicht verstehe?"

„Würdest du ihn verraten?"

„Würdest du mir das zutrauen?" fragte Neora.

Ihre Blicke trafen sich. Gando schüttelte den Kopf.

„Warum hast du mich dann gefragt?"

„Ich wollte deine Antwort hören, sehen und spüren", antwortete Gando.

„Ich werde schweigen", sagte Neora. „So viel kann ich dir versprechen."

„Ich vertraue dir", erwiderte Gando mit leiser Stimme, beugte sich vor und berührte Neoras Hand behutsam mit seinen Fingerspitzen. „Wir müssen die Angst aus unserem Land vertreiben, die Grausamkeit, die Ungerechtigkeit und den falschen Glauben, damit wir und unsere Nachkommen in Freiheit leben können. Freiheit ist die Atemluft der Seele. Schränke die Freiheit eines Menschen ein, und seine Seele bekommt Atemnot, sein Herz wird eng, sein Wille schwach und seine Lebensfreude welkt. Unsere Unfreiheit ist wie ein Zaun zwischen uns und dem Leben. Die Sieben Weisen ha-

ben nicht nur einen großen Zaun um ihre Hütten gezogen, sondern auch viele kleine Zäune um unsere Seelen, so daß wir nicht mehr frei atmen können. Doch wir sind geboren, um frei zu sein, um dem Leben ohne Angst ins Gesicht zu sehen wie am Ende dem Tod. Wir haben vor langer Zeit unsere ursprüngliche Freiheit verloren. Jetzt ist es an der Zeit, sie zurückzugewinnen. Dazu brauche ich eure Hilfe."

Neora sah Gando prüfend an. „Ist es nicht eher so, daß du den Tod deines kleinen Bruders rächen willst?"

„Wo denkst du hin?" sagte Gando heftig. „Rache würde Haruno nicht wieder lebendig machen!"

„Aber dein Herz vielleicht erleichtern."

„Indem ich es mit sinnloser Schuld belaste?" entgegnete Gando. „Nein, keine Rache! In der Zeit nach Harunos Opferung erhitzte das Fieber der Rachsucht mein Blut, und ich war von der Begierde besessen, den Wächter zu töten. Viele Tage lang habe ich haßerfüllt das Dorf der Weisen aus einem sicheren Versteck beobachtet und Wissen über den Gang des dortigen Lebens gesammelt. Dabei habe ich festgestellt, daß Greko ein leidenschaftlicher Jäger ist. Jeden Morgen zieht er in Begleitung dreier Boten in die Grünen Hügel, um zu jagen. Er ist ein vortrefflicher Blasrohrschütze, ich habe ihn schon Vögel im Flug treffen sehen. Mehrmals bin ich ihm heimlich während der Jagd gefolgt, und einmal bot sich mir sogar eine Gelegenheit, ihn zu töten. Greko saß mit seinen drei Boten am Ufer des Braunen Flusses und hielt Rast. Ich kniete kaum zwanzig Schritte entfernt in einem dichten Gebüsch und hatte mein Blasrohr auf seinen breiten Rücken gerichtet. Meine Hände waren ruhig. Ein einziger Atemstoß — und Greko wäre tot gewesen. Aber ich konnte es nicht."

„Gut, daß du es nicht konntest", sagte Neora, „Grekos Begleiter hätten dich sofort getötet!"

„Ich habe sein Leben nicht aus Angst um meines verschont, sondern aus einem anderen Grund: In dem Augen-

blick, als Grekos Leben in meinen Händen lag, erkannte ich, daß er kein gemeiner Mörder ist, ich aber im Begriff war, ein solcher zu werden. Er hat meinen Bruder nicht aus bösem Willen in den Tod geschickt, sondern als Stellvertreter für uns alle. Greko hat in dem Glauben gehandelt, daß die Opferung des Jungen unser aller Leben sichere, und wir haben ihn darin bestätigt, indem wir sein Tun duldeten. Wir alle sind mitschuldig an den grausamen Kindesopfern – und das seit unzähligen Monden. Wir alle leben schon so lange in Schuld! Greko hat ein reines Gewissen, weil er in einem falschen Glauben lebt. Dies wurde mir klar, als ich in dem Gebüsch kniete und seinen Tod auf den Lippen hatte. Da nahm ich das Blasrohr vom Mund, denn man kann geistige Blindheit nicht mit Giftpfeilen bekämpfen. Dazu bedarf es anderer Waffen. Greko lebt in seinem Irrglauben wie in einem Traum gefangen. Jetzt kommt es darauf an, ihn aus diesem Traum zu wecken. Sein Bewußtsein ist getrübt, und um sein Herz hat sich eine harte Schale gebildet. Nur wenn es uns gelingt, diese Schale zu öffnen, können wir die Freiheit in Frieden gewinnen."

„Und wie soll uns das gelingen?" fragte Neora.

„Was könnte ein hartes Herz öffnen?"

„Gefühle", antwortete Neora.

„Ja", sagte Gando, „gute Gefühle. Aber die kann man nicht erzwingen. Wir können nur versuchen, sie in Greko zu wecken. Wenn sie erwachen, kann sinnloser Kampf vermieden werden. Wenn nicht, wird Blut fließen und so bitteres Leid entstehen, daß wir unsere Freiheit nicht in Freude leben können."

„Ist das ein guter Plan, der uns in großes Unglück stürzen kann? Käme es zum Kampf zwischen dem Volk und den Boten, würde jeder Bote drei oder vier von uns töten, bevor wir einen von ihnen überwältigen könnten", erwog Neora. „Viele müßten sterben, mehr noch würden um sie weinen. Ist es da nicht ein viel kleineres Übel, wenn alle sieben Monde nur ein Mensch sterben muß?"

Gando senkte den Kopf und antwortete: „Ich habe mir diese Frage oft genug selbst gestellt und nach einem anderen Weg gesucht. Aber kein Weg, der uns friedlich in die Freiheit führen kann, führt an Greko vorbei. Und Greko ist unberechenbar. Wahrscheinlich haben seine Boten sich bereits alle unschuldigen Mädchen des Dorfes angesehen. Vielleicht treffen sie schon heute abend die Entscheidung, welches von ihnen sie dem Wächter als Opfer empfehlen werden."

„Nimmt der Wächter immer ihre Wahl an?"

„Bislang war es stets so", bestätigte Gando. „Die Boten werden ihre Entscheidung geheimhalten, bis Greko erscheint."

„Warum sucht der Wächter das Opfer nicht selbst aus?"

Gando zuckte mit den Schultern. „Vielleicht glaubt er, sich so seiner Schuld entledigen zu können. Wir müssen versuchen, die Boten zu belauschen, am besten schon heute abend. Vor der Nachtruhe sprechen sie gern dem Sagu-Trank zu, und der lockert ihre Zungen. Wenn mein Fuß schon ganz geheilt wäre, würde ich nach Sonnenuntergang versuchen, mich an sie heranzupirschen!"

„Die Boten werden in der Hütte des Dorfrates übernachten", erklärte Neora. „Ich kenne jemanden, der so leise wie ein Schatten sein kann und schon immer das am besten hörte, was er nicht hören sollte."

„Wer ist es? Wird er uns helfen?"

„Ich glaube schon", sagte Neora. „Es ist Tonkao, mein kleiner Bruder."

Gando lächelte.

Neora konnte sein Lächeln nicht erwidern. „Ich habe Angst", flüsterte sie.

„Ich auch", gestand Gando ein, „aber Angst ist nicht die stärkste Kraft unserer Seele."

Plötzlich trafen sich ihre Blicke und hielten einander behutsam fest. Dabei war es Neora, als fließe alles, was

Gando mit Worten nicht sagen konnte, sanft und wild zugleich von seinen Augen in ihre, und das Wasser aus der Quelle seines klaren Blickes lief geradewegs auf das Feuer ihrer Angst zu. Es war auf einmal ganz ruhig in der Hütte, als hielte die Schöpfung den Atem an, um der Stille zwischen ihnen zu lauschen. Neora fühlte Gandos Fingerspitzen erneut zart auf ihrer Hand. Und diesmal schenkte ihr seine Berührung große Kraft und Zuversicht. Wohlige Schauer liefen ihr über den ganzen Körper. Ihr wurde warm und leicht ums Herz, und sie sah das Licht eines neuen, besseren Lebens in Gandos Augen.

Als das Geräusch sich nähernder Schritte den Zauber der Stille brach, wußten Neora und Gando nicht, wie lange ihre Blicke ineinandergeströmt waren – aber sie ahnten, wie tief. Wie aus einer anderen Wirklichkeit hörte Neora die Stimme ihres Vaters: „Neora! Bist du noch da?“ Sie senkte mit bedauernder Miene ihren Blick, atmete tief ein und ließ Gandos Hand widerstrebend los.

Neora stand auf, öffnete die Tür und ging ins Freie. Draußen standen ihr Vater und ihr kleiner Bruder und begrüßten sie mit einem herzlichen Lächeln. Neora erwiderte ihren Gruß und ließ sich nicht anmerken, daß Doko und Tonkao etwas Wunderbares unterbrochen hatten.

„Schau, Neora“, rief Tonkao voller Stolz und wies auf den erschlafften Leib einer Raubkatze auf den Schultern des Vaters, „wir haben einen Yumangan erjagt!“

Neoras Blick fiel auf das schwarze, wegen seines glänzenden Felles und wohlschmeckenden Fleisches geschätzte Tier, und sie nickte anerkennend, obwohl der Anblick der leblosen Raubkatze sie traurig stimmte.

Der Vater trat näher an sie heran: „Auf dem Heimweg sind wir Duana begegnet und haben mit ihr gesprochen. Sie sagte uns, wir würden dich in ihrer Hütte finden.“

„Kommt herein und ruht euch von der Jagd aus", lud Neora sie ein. „Duana hat euch sicherlich auch erzählt, daß sie einen Gast aufgenommen hat."

Als Doko und Tonkao die Hütte betraten und die beiden Männer und der Junge sich zur Begrüßung freundlich zugelächelt hatten, sagte Neora: „Das ist Gando, ein Jäger aus dem Dorf Tanaga. Er hat sich am Fuß verletzt und genießt Duanas Pflege und Gastfreundschaft. Dies ist mein Vater Doko und dies mein Bruder Tonkao."

Doko legte den Yumangan auf den Boden. Dann setzten sich Neora und die Ankömmlinge zu Gando an den Bambustisch. Als eine angemessene Zeit höflichen Schweigens verstrichen war, sagte Doko: „Wir haben von Duana erfahren, daß Lisaya aus dem Dorf der Weisen geflüchtet ist. Es fiel mir schwer, ihren Worten zu glauben. Ich frage mich immer wieder, warum Lisaya es getan hat. Noch nie hat eine Dienerin gewagt, aus Tona Kandu zu fliehen! Wenn die Boten sie finden, muß sie das Schlimmste ..."

„Sie werden Lisaya nicht finden!" fiel Neora ihrem Vater ins Wort.

„Wie kannst du das so sicher behaupten? Sie werden alles tun, um sie zu ergreifen", widersprach Doko. „Eine ungesühnte Flucht könnte andere Dienerinnen dazu ermutigen, diesem Beispiel zu folgen."

„Die Boten haben uns die gleiche Strafe angedroht, die Lisaya zu erwarten hat, falls wir ihr helfen."

„So!" sagte Doko empört und kniff die Lippen zusammen. „Das sieht ihnen ähnlich! Sie wollen uns Angst einjagen, um unsere Herzen zu verhärten."

„Würdest du Lisaya helfen, auch wenn du damit dein Leben in Gefahr brächtest?" wandte sich Gando an Doko.

Doko blickte ihn überrascht an. Dann warf er seiner Tochter einen fragenden Blick zu, den Neora mit einem sanften Nicken beantwortete. Darauf sah er Gando in die Augen und sagte mit leiser, aber fester Stimme: „Ja, ich würde es tun! Lisaya war wie eine zweite Tochter für mich und wie eine Schwester für Neora. Sie hat Neora einmal das Leben gerettet. Wir haben sie alle ... Wir lieben sie alle noch!"

„Deine Worte tun mir gut", sagte Gando. „Ich spüre, daß sie aus deinem Herzen kommen. Es stünde besser um unser Volk, wenn es mehr Menschen von deiner Art gäbe." Mit einem Blick auf die erlegte Raubkatze fuhr er fort: „Ich sehe, daß du Erfolg bei der Jagd hattest. Ein Yumangan ist keine leichte Beute."

Doko wies mit Stolz auf seinen Sohn: „Er hat Erfolg gehabt. Tonkao hat den Yumangan erlegt, mit einem Meisterschuß! Wir pirschten uns gegen den Wind bis auf dreißig Schritte an das Tier heran. Als es uns witterte und die Flucht ergreifen wollte, schossen wir fast im selben Augenblick. Mein Pfeil verfehlte die Raubkatze knapp, Tonkao aber traf sie in den Nacken. Im ersten Augenblick war ich enttäuscht über mein Versagen, doch dann ergriff mich große Freude über Tonkaos Meisterschuß."

Gando suchte Neoras Blick und sagte: „Dein Bruder trifft mit dem Pfeil. Dein Vater trifft mit dem Wort. Und du triffst mit deinem Schweigen."

„Und womit triffst du, Fremder?" fragte Doko.

„Ich treffe — mit euch dreien."

„Welches Ziel?"

Gando hielt dem forschenden Blick Dokos stand und antwortete mit einer Geste des Bedauerns: „Noch ist es zu früh für eine Antwort, aber ich will sie dir bald geben. Jetzt kann ich dir nur sagen, daß ich mich glücklich schätze, einen Mann kennengelernt zu haben, dessen Mut und Herzenstreue größer sind als seine Angst — und einen Jungen, der mit ruhiger Hand und sicherem Auge ein Tier erlegt hat, bei dessen Anblick die meisten seiner Altersgenossen zu zittern beginnen."

„Ja. Meine Gefährtin Yuna meint, die Schöpfung habe vergessen, Angst in Tonkaos Herz zu pflanzen", sagte Doko

mit einem Blick väterlichen Stolzes auf seinen Sohn, der verlegen den Kopf senkte. Dann erhob er sich. „Komm, Junge! Gehen wir heim und helfen deiner Mutter, den Yumangan zu zerlegen. Sie wird uns ein köstliches Mahl bereiten. Ich würde mich freuen, Gando, dich dazu als Gast an unserem Tisch zu empfangen."

„Gando darf noch nicht aufstehen", erklärte Neora. „Duana hat gesagt, sein verletzter Fuß brauche noch bis morgen Schonung."

„Schade", sagte Doko. „Dann wird Neora dir ein gutes Stück von dem Mahl bringen."

„Ich danke dir von Herzen", erwiderte Gando, „und wünsche dir und deinen Nächsten Glück, Gesundheit und ein gutes Leben."

Doko erwiderte Gandos Wünsche, schulterte die Raubkatze und verließ mit seinem Sohn die Hütte der Heilerin.

„Du hast einen prächtigen Bruder – und einen Vater, auf den du stolz sein kannst", sagte Gando.

„Das bin ich auch", erwiderte Neora. „Vater ist bei allen Leuten im Dorf beliebt und angesehen. Schon seit langer Zeit gehört er dem Dorfrat an, weil sein Urteil als klug und ausgewogen gilt."

„Wer ist außer ihm noch im Rat von Baykane?"

„Der Fischer Gulan und die Töpferin Bona."

„Was denkst du über die beiden?"

„Sie genießen bei den Dorfleuten ebensoviel Vertrauen wie mein Vater."

„Haben sie auch eine so mutige Gesinnung wie er?"

Neora schüttelte zweifelnd den Kopf. „Gulan ist ein verläßlicher, hilfsbereiter Mann und ein guter Fischer. Einmal ist er von einem großen Teno-Fisch aus seinem Einbaum gezogen worden, doch er hat ihn im Wasser mit seinem Messer besiegt. Seitdem halten ihn viele für tapfer. Aber ich weiß von seiner Tochter, daß er den Meeresgott sehr fürchtet und ihn jeden Abend vor dem Essen um Verzeihung bittet, daß er ihm Fische gestohlen hat. Und jeden Morgen fleht er ihn an, unser Land nicht zu überfluten mit den Wogen seines Zornes."

„Und die Töpferin?"

„Bona ist eine gewissenhafte, besonnene Frau. Man kann nicht sagen, wie alt sie ist, wenn man ihr Gesicht betrachtet. Sie ist wortkarg, doch wenn sie etwas sagt, hat es Hand und Fuß. Bona ist zu allen höflich und gerecht. Ihr Rat wird oft gesucht. Viele schütten ihr das Herz aus, doch sie hält das ihre verschlossen, so daß niemand wirklich weiß, wie es darin aussieht. Es geht das Gerücht, daß ihr einstiger Gefährte sie tief verletzt habe, als er sie wegen einer jüngeren Frau aus Satuma verließ. Doch niemand sah sie je weinen oder hörte sie klagen."

„Tritt euer Dorfrat regelmäßig zusammen?"

Neora verneinte. „Nur wenn die Notwendigkeit besteht. Manchmal wendet sich jemand an einen der Räte und klagt über Streitigkeiten. In solchen Fällen redet dieser mit dem Unzufriedenen und gibt ihm Ratschläge, wie er den Streit beenden könne."

„Kann auch ein Fremder euren Dorfrat zu einer Zusammenkunft bewegen?"

„Nein", erwiderte Neora, „nur ein Bewohner von Baykane kann dies erreichen – und nur dann, wenn sein Anliegen für das Dorfleben so wichtig ist, daß es einer Verhandlung und eines Urteils bedarf. In diesem Fall kann jeder eine Ratssitzung fordern, in einer dringenden Angelegenheit auch ohne Verzug. Alle Entscheidungen, die unser Dorfrat bislang getroffen hat, sind als gut und gerecht empfunden und ohne Zögern und Murren angenommen worden."

„Das Vertrauen der Leute in ihren Rat könnte uns zum Vorteil gereichen", überlegte Gando. „Wie würden wohl die Dorfräte Gulan und Bona antworten, wenn ich ihnen – wie eben deinem Vater – die Frage stellte, ob sie das Wagnis auf sich nähmen, Lisaya zu helfen?"

„Gulan würde ihr wohl nicht helfen – Bona vielleicht."

„Eine Ungewißheit mehr!" Gando stöhnte.

„Bist du dir deines Planes nicht mehr sicher?" fragte Neora.

„Ich war mir seiner noch nie sicher. In unsere Freiheit führt kein sicherer Weg. Überlegung, Mut und List, Geschicklichkeit und Umsicht allein reichen nicht aus. Wir brauchen auch Glück, wir benötigen die Gunst des Augenblicks!"

„Glück braucht auch Lisaya – und wer immer sie auch begleiten mag."

„Und wir brauchen die beiden!" sagte Gando eindringlich. „Durch ihre Flucht gehören sie zu uns. Wir müssen sie unbedingt noch vor der Vollmondnacht finden! Ich vermute, daß Lisayas Begleiter ein ehemaliger Bote ist, ein beherzter Mann, der sich aus Liebe zu ihr der Todesgefahr aussetzt. Lisaya selbst stand den Sieben Weisen täglich von Angesicht zu Angesicht gegenüber. Beide wissen sicher manches, das für uns von großem Wert sein kann."

„Vielleicht kann ich Lisaya finden. Falls sie wirklich in der Nähe sein sollte, weiß ich ihr Versteck. Ich werde es noch heute abend aufsuchen. Falls Lisaya und ihr Begleiter sich wirklich dort verbergen, werde ich sie dazu bewegen, so bald wie möglich mit dir zu sprechen."

„Ich danke dir, Neora. Als ich vorgestern morgen in euer Dorf kam, warst du der erste Mensch, dem ich begegnet bin. Ich sah in deine Augen und wußte, daß ich dir vertrauen kann – auch wenn du mich angesehen hast, als sei ich gerade vom Himmel gefallen."

Neora lächelte. „Du hast mich zu deiner Vertrauten gemacht. Ich werde deinen Glauben an mich nicht enttäuschen. Aber es wird dir nicht gelingen, mich zu deiner Helferin zu machen, wenn du Menschenleben aufs Spiel setzen willst! Und ich bin sicher: Duana wird dir das gleiche sagen."

Gando entgegnete: „Ich offenbare dir meine geheimen Gedanken und Hoffnungen. Ich lege mein Leben in deine

Hände. Ein Wort von dir – und sie stürzen mich von der Klippe der Verräter! Warum schenkst du mir nicht einen Teil des Vertrauens, das ich dir gebe? Warum willst du nicht meine Hoffnung teilen, daß uns die Befreiung gelingt, ohne daß ein Mensch sein Leben dafür lassen muß? Glaub mir, wenn ein Sieg ohne Gewalt unmöglich wäre, würde ich den Kampf nicht suchen!"

„Wie kann ich deine Hoffnung teilen, wenn ich deinen Plan nicht kenne?" fragte Neora.

„Warte noch bis morgen! Erst will ich dir und der Heilerin mein Geheimnis anvertrauen, dann meinen Plan. Und danach hängt alles von euch beiden ab. Der Plan ist zwar in meiner Seele entstanden, aber seine Verwirklichung bedarf mehrerer mutiger Menschen. Du und Duana, ihr gleicht zwei Türen, durch die der Plan zu anderen Menschen gelangen kann, über die er wiederum weitere zu erreichen vermag. Lehnt ihr ihn ab, werde ich keine anderen Türen rechtzeitig finden können, und eine einmalige Gelegenheit wird ungenutzt verstreichen."

„Ich habe deine Gedanken aufgenommen, Gando, und ich werde sie eine Nacht überschlafen. Jetzt muß ich gehen, um meiner Mutter bei der Zubereitung des Essens zu helfen. Später bringe ich dir die versprochene Mahlzeit", sagte Neora, berührte ganz leicht Gandos Hand und schenkte ihm zum Abschied ein Lächeln, das die Sorge aus seinem Blick verschwinden ließ.

Die Sonne stand schon tief, als Duana mit einer Tasche voller eigenartig duftender Pflanzen zurückkam. Sogleich nahm sie die alten Anyun-Blätter von Gandos Fuß und umwickelte ihn mit den frisch geschnittenen. „Die Wunde heilt schnell und gut. Morgen wirst du wieder ohne Schmerzen auftreten können."

„Das ist eine gute Nachricht", sagte Gando erleichtert, „denn morgen werde ich meine Beine brauchen."

Duana setzte sich. „Wie lange geht man denn von hier bis zu deinem Geheimnis?"

„Wenn wir morgens aufbrechen, können wir noch vor Mittag zurück sein. Der Rückweg wird länger dauern als der Hinweg", erklärte Gando, „weil wir etwas tragen müssen."

Duana zog überrascht die Augenbrauen hoch. „Dein Geheimnis?"

„Ja", antwortete Gando. „Es hat sein Gewicht, für unsere Arme wie für unsere Zukunft. Allein kann ich es hundert Schritte tragen, aber nicht den ganzen Weg."

Duana griff in ihre Tasche und legte eine hellgrüne und eine rotbraune Pflanze auf den Bambustisch. „Dies sind Kala und Yomba. Wozu brauchst du sie?"

„Der Trank aus diesen Pflanzen hatte eine sehr einschläfernde Wirkung auf mich. Könntest du ihn so stark machen, daß ein Mann sofort in den Schlaf sinkt, wenn er ihn getrunken hat?"

Duana verneinte. „Kein Schlaftrunk, und sei er noch so stark, kann sofort wirken. Es vergeht immer erst eine Weile, bis er vom Magen ins Blut gewandert ist. Wenn du eine augenblickliche Wirkung erzielen willst, mußt du die Pflanzenkraft gleich ins Blut geben. Als Jäger hast du es oft genug getan."

Gando nickte. „Die Jäger bestreichen seit jeher ihre Pfeilspitzen mit der tödlichen Kraft der Soto-Pflanze. Ich suche kein todbringendes Gift, sondern ein Kraut, das wie Soto benutzt werden kann, und – wie Soto – auf der Stelle wirkt, aber nicht tötet, sondern nur für eine Weile betäubt. Kennst du eine Pflanze mit dieser Eigenschaft?"

Duana lehnte sich zurück und erklärte: „Die Kräuter auf dem Tisch sind dazu nicht geeignet, ihre Kraft ist zu schwach. Doch es gibt eine Pflanze, die so wirken könnte. Ihr Name ist Aruna. Ihre roten Blüten sind von großer Schönheit, und ihr Duft ist berauschend. Die Heiler meiden sie, seit eine verzweifelte Frau in Dosone sich mit einem starken Trank aus Aruna-Blüten das Leben nahm. Sie sagen, nun hafte drei Menschenalter lang Unglück an Aruna."

„Wir werden sie Lügen strafen", sagte Gando. „Uns wird Aruna Glück bringen!"

„Es ist eine gefährliche Pflanze", mahnte Duana, „gefährlich wie deine Absichten!"

„Es ist die einzige Pflanze, die einen Mann auf der Stelle kampfunfähig machen könnte, ohne ihn zu töten! Wirst du ihre Kraft auf die Spitzen dieser Pfeile übertragen?" fragte Gando. Er zog eine Handvoll Blasrohrpfeile aus seinem Köcher und legte sie auf den Tisch.

„Nur ein paar Pfeile?" Duana sah Gando überrascht an. „Damit willst du die Ordnung des ganzen Landes ändern?"

„Wenn es uns nicht mit wenigen Pfeilen gelingt, werden wir sehr viele brauchen. Deshalb bringe uns so viele Aruna-Pflanzen, wie du nur finden kannst. Wir werden sie dringend benötigen, falls wir an Greko scheitern sollten. Der Wächter hat eine entscheidende Bedeutung in meinem Plan. Der friedliche Weg führt allein über sein Herz. Und Grekos Herz ist mir ein Rätsel."

„Es gibt Herzen, die weich sind unter einer harten Schale, man muß sie nur zu öffnen verstehen. Andere sind bis ins Innerste verhärtet, die muß man erweichen können. Wieder andere sind leer, wie hohle Nüsse, und es gibt nichts Schwierigeres, als sie zu füllen."

„Greko hat das Herz eines Kämpfers", stellte Gando fest. „Er liebt die Überlegenheit und suchte schon als Kind den Wettkampf mit seinen Freunden. Sein Ehrgeiz ist so groß wie sein Stolz, sein Wille so stark wie sein Arm. Er gilt als unnachgiebig, aber auch als gerecht und zuverlässig. Er ist der mächtigste Mann des Landes. Hundert Boten gehorchen seinen Befehlen, nicht denen der Sieben Weisen. Sein Herz gehört Yasa, einer schönen Wildhündin, die er eines Tages im Wald fand. Sie hatte sich verletzt. Er trug sie nach Tona Kandu und pflegte sie, bis sie wieder gesund war. Seitdem ist sie immer in seiner Nähe."

„Das Herz eines solchen Mannes ist kaum zu berechnen", gab Duana zu bedenken.

„Ein Mann, der eine Hündin in sein Herz geschlossen hat, muß auch weiche Seiten haben. Die gilt es anzusprechen. Was einem Tier gelingt, kann auch ein Mensch vollbringen."

Die Heilerin sah Gando lange an, bevor sie sagte: „Ich werde dir morgen die Aruna-Pflanzen bringen. Doch ich stelle zwei Bedingungen: Bevor ich ihre Kraft auf deine Pfeilspitzen übertrage, will ich deinen ganzen Plan kennen; und bevor mit diesen Pfeilen auf Menschen geschossen wird, muß ihre Wirkung erprobt sein. Vergiß nicht, daß ich den Eid der Heiler geleistet habe. Die Betäubung von Menschen könnte ich unter bestimmten Umständen vor meinem Gewissen verantworten, ihre Tötung in gar keinem Fall."

„Ich nehme deine Bedingungen an. Morgen offenbare ich dir und Neora meinen Plan. Wenn ihr mir helfen wollt, ihn zu verwirklichen, kannst du die Wirkung von Aruna an mir erproben."

„Du würdest ein solches Wagnis auf dich nehmen?" fragte Duana ungläubig.

„Ich kann es von keinem anderen erwarten. Du wirst mich schon nicht sterben lassen."

„Dein Vertrauen ehrt mich, aber ich kann dein Angebot nicht annehmen. Es ist zu gefährlich – für dein Leben und für mein Gewissen."

„Aber wir brauchen unbedingt ein Mittel, das kampfunfähig macht, ohne zu töten – sonst sind wir zum Scheitern verurteilt", antwortete Gando aufgebracht. „Wer die Menschen davon überzeugen will, ihre alten Gewohnheiten aufzugeben und ein neues Denken zu lernen, verlangt sehr viel von ihnen. Menschen ändern sich nicht gern, sie halten mit beiden Händen an ihrer Ordnung, ihrem Glauben, ihren Gepflogenheiten fest, wie schlecht sie auch sein mögen. Wer sie dazu bewegen will, von ihnen zu lassen und *ihr Leben auf eine ganz neue Weise zu verstehen, muß ihnen gute, triftige Gründe dafür bieten und ihnen Besseres versprechen können als Kampf und Blutvergießen."*

„Wir werden die Wirkung von Aruna erproben", entschied Duana, „aber nicht an dir, sondern an Tieren."

„Wie können wir wissen, wie es auf Menschen wirkt, wenn wir es an Tieren erproben?" wandte Gando unmutig ein.

Die Heilerin hob beschwichtigend die Hände. „Bei der Anwendung von Pflanzenkräften ist alles eine Frage der richtigen Menge. Das beste Heilmittel kann zu einem Gift werden, wenn der Heiler dem Kranken zuviel davon gibt. Ein Kind muß eine kleinere Menge bekommen als ein Erwachsener. Wenn wir Aruna an wilden Hunden erproben, kann ich ermessen, wieviel ich für die einzelnen Pfeilspitzen brauche, um einen Mann zu betäuben. Es gibt zur Zeit sieben oder acht Wildhunde in unserer Gegend. Sie streunen morgens am Strand herum und liegen mittags träge im Schatten. Sie laufen öfter an meiner Hütte vorbei – auf ihrem Weg zum Ladoya-Bach im Bambuswald, wo sie trinken und baden."

„Und was ist, wenn ein Hund bei den Versuchen stirbt?" gab Gando zu bedenken.

„Uns Menschen ist es erlaubt, Tiere zu töten", stellte Duana fest.

„Davon bin ich nicht mehr überzeugt", widersprach Gando. „Tiere sind fühlende Lebewesen wie wir. Die Großen Wahrheiten sagen, Tiere seien niedrigere Geschöpfe als wir Menschen, aber ich kann ihnen nicht beipflichten. Wenn ich den Blauen Seevogel im Flug betrachte, möchte ich so gern mit ihm tauschen! Welche Freiheit muß er fühlen, wenn er sich vom Wind über Land und Meer tragen läßt, welche Freude am Leben! Für den Seevogel in den Lüften bin ich nur ein kleiner Punkt tief unten. Wie kann ich da sagen, er sei niedriger als ich? Und wenn ich einen fliegenden Fisch

sehe, denke ich voller Begeisterung: Welch ein Wundertier, das zugleich im Meer und in der Luft zu Hause ist! Steht es nicht höher als der Mensch, der nur das Land bewohnen kann? Und wenn ich einen Affen schnell und geschickt von Ast zu Ast und von Baum zu Baum springen und nie sein Ziel verfehlen sehe, kommt mir der Körper des Menschen schwach und unbeholfen vor."

„Aber der Mensch hat Geist", sagte Duana, „mit dem er höher fliegen kann als der Seevogel, mit dem er Luft, Land und Wasser bewohnen und sicher von Gedanke zu Gedanke springen kann."

„Hat das Tier denn keinen Geist?" entgegnete Gando. „Kein Mensch kann in ein Tier hineinsehen. Vielleicht denkt es, aber anders als wir. Vielleicht spricht es, doch wir verstehen seine Sprache nicht – so wie es unsere auch nicht versteht. Als Neoras Vater den toten Yumangan auf den Boden legte, war ich traurig, daß dieses prächtige Tier aus dem Leben gerissen wurde, nur damit wir sein Fleisch essen und uns mit seinem Fell bedecken können. Und ich fühlte erneut, daß wir nicht das Recht haben, Tiere des Landes und des Meeres zu töten, denn wir könnten auf ihr Fleisch und ihre Felle verzichten, ohne in Not zu geraten. Der Mensch braucht kein Fleisch, um gut zu essen, er muß keine Tiere töten, um zu leben. Er kann sich von Reis, Gemüse, Obst, Pilzen, Wurzeln und Nüssen ernähren. Ich verzichte seit fast sieben Monden auf Fleisch, und es bekommt mir gut."

„Vielleicht hast du recht mit dem, was du denkst", sagte Duana versonnen, „aber das darf uns nicht daran hindern, die Wirkung von Aruna zunächst an den Hunden zu erproben. Oder weißt du einen besseren Weg?"

Gando schüttelte den Kopf.

Wenig später kam Neora und brachte die versprochene Mahlzeit.

„So viel soll ich allein essen?" Gando schaute ungläubig, als sie die große Schale auf den Tisch gestellt und den Deckel abgenommen hatte.

Neora lachte. „Es soll für uns drei sein. Meine Eltern wünschen uns ein gutes Mahl."

„Sage ihnen meinen Dank. Und richte deinem Vater bitte aus, daß ich ihm morgen erklären werde, was ich heute noch verschweigen mußte", sagte Gando. „Erzählst du mir, wie dein kleiner Bruder gelernt hat, so gut mit dem Blasrohr umzugehen?"

„Mein Vater hat es ihn gelehrt. Und nun beginnt Tonkao, seinen Lehrer zu übertreffen", erklärte Neora, während Duana ihre schönsten Schalen auf den Tisch stellte und die Mahlzeit darauf verteilte.

Gando fiel die Entscheidung schwer, ob er das Fleisch des Yumangan verzehren sollte oder nicht. Er hatte es vor Harunos Opferung oft und gern gegessen, aber sein Wesen hatte sich seitdem verändert. Diese Mahlzeit war jedoch ein Geschenk gutgesinnter, gastfreundlicher Menschen, die er unbedingt für seinen Plan gewinnen mußte – und auf keinen Fall beleidigen durfte.

Nachdem sie gegessen hatten, sagte Neora: „Entschuldigt meine Eile, aber ich will noch im Dämmerlicht die Grünen Hügel erreichen."

Duana warf ihr einen überraschten Blick zu.

Gando antwortete: „Wenn du Lisaya und ihren Begleiter dort antriffst, wo du sie suchst, sage ihnen, daß wir ihnen helfen werden, aber auch ihre Hilfe brauchen."

Neora nickte und stand auf.

„Morgen früh", ergänzte Gando, „sollten wir noch vor Sonnenaufgang aufbrechen, damit uns niemand sieht. Wir nehmen den Küstenweg nach Yangabe, er führt uns am schnellsten ans Ziel. Zurück gehen wir durch die Bambuswälder, weil wir dort nicht so leicht gesehen werden können. Wir dürfen niemandem begegnen."

„Warum verrätst du uns nicht schon jetzt dein Geheimnis?“ fragte Duana nach. „Ich könnte dann besser schlafen.“

„Ich möchte eure glänzenden Augen und strahlenden Gesichter sehen, wenn ich es euch zeige! Ich will eure begeisterten Rufe und Worte hören, wenn ihr es erblickt. Das möchte ich mir auf keinen Fall entgehen lassen!“

Duana seufzte und bat: „Gib uns wenigstens einige Hinweise!“

Gando lachte und sagte: „Es ist schön. Es hat Sinn. Es kam zur rechten Zeit, und wir werden es dringend brauchen.“

„Ich will darüber nachdenken“, gab die Heilerin zurück und fragte Neora: „Wie geht es deinem Gefährten Tago?“

„Ich habe ihn nicht mehr gesehen, seit er heute morgen aufs Meer hinausfuhr. Eben noch habe ich meinen kleinen Bruder zu Tagos Hütte geschickt, um ihm ausrichten zu lassen, daß ich in den nächsten Tagen bei meinen Eltern wohnen werde.“ Dann wandte Neora sich Gando zu: „Tonkao wird heute abend unter die Terrasse der Ratshütte kriechen und die Boten bei ihrem Gespräch belauschen. Vielleicht hört er etwas, das uns nützen kann.“

„Und wenn sie ihn dabei ertappen?“ warf Duana besorgt ein.

„Dann wird er sich gähnend die Augen reiben und erklären, daß er beim Versteckspiel mit seinen Freunden unter der Terrasse eingeschlafen sei, weil man ihn nicht gefunden habe“, antwortete Neora und wandte sich zum Gehen. „Er ist noch ein Junge! Die Boten würden ihn nicht verdächtigen.“

„Glück auf deinem Weg!“ wünschte Gando.

„Sei vorsichtig“, mahnte die Heilerin.

„Ich werde auf der Hut sein“, versprach Neora.

Als Neora etwa dreißig Schritte vor dem Versteck stand, hatte der schwarze Mund der Nacht das letzte Licht der Abenddämmerung getrunken, doch der nahezu runde Mond spendete so viel Licht, daß sie die Büsche deutlich erkennen konnte, hinter denen der Höhleneingang verborgen lag.

Auf ihrem Weg hatte sie sich immer wieder umgesehen und die Ohren gespitzt, bis sie ganz sicher war, daß ihr niemand folgte. Jetzt, da sie ihr Ziel erreicht hatte, klopfte ihr Herz laut. Sie hatte den Weg sehr schnell zurückgelegt, doch was ihr Herz so rasen ließ, war die Hoffnung, Lisaya wieder in die Arme schließen zu können.

Sie atmete tief ein und rief: „Lisaya! Hörst du mich? Erkennst du meine Stimme? Ich bin es, Neora. Hab keine Angst. Ich komme allein!"

Nach wenigen Augenblicken bahnte sich die Geflohene einen Weg durch das Gebüsch und lief auf Neora zu. Neora eilte ihr entgegen und fühlte, wie ihr Tränen in die Augen stiegen.

„Es ist so lange her, seit wir das letzte Mal gemeinsam hier waren", sagte Neora, als sie neben Lisaya auf einer Schlafmatte in der Höhle saß, die von einem Wachslicht spärlich erleuchtet wurde.

Gandos Vermutung hatte sich als richtig erwiesen. Lisayas Begleiter war ein abtrünniger Bote namens Daseo, der ihr sein Herz geschenkt hatte. Sein Blick folgte voller Zuneigung der kleinsten Geste ihrer Hände.

„Wir fragen uns alle, warum du geflohen bist", sagte Neora.

Lisaya lachte bitter. „Ihr würdet euch diese Frage nicht stellen, wenn ihr wüßtet, was hinter dem Zaun geschieht! Ihr könnt euch nicht vorstellen, was diese Gefangenschaft bedeutet — was es heißt, Tag und Nacht an die Willkür alter, mürrischer Männer gefesselt und ihren Launen ausgeliefert zu sein. Es erstickte meine Seele, schnürte mein Herz ein und raubte mir das Vertrauen ins Leben. Ich mußte fort! Daseo spürte meine Not, verstand die Sprache meiner Augen. Als sich die erste Gelegenheit zur Flucht bot, ergriffen wir sie."

„Wie ist euch die Flucht gelungen?"

„Einmal am Tag werden die Dienerinnen ins Freie gelassen", berichtete Lisaya, „damit sie unten am Braunen Fluß Kleider waschen und den Alten Wasser bringen können. Dabei wird jede von einem Boten begleitet und bewacht. Vor drei Tagen wollte es das Schicksal, daß Daseo mich beaufsichtigte. Ich erkannte, daß er mir sehr zugetan war, und als wir einmal unbeobachtet waren, bat ich ihn inständig, mich fliehen zu lassen. Er fragte mich, ob ich nicht wüßte, daß er mit seinem Leben für mich haftet. Wir sahen uns lange in die Augen. Unsere Lippen fanden sich zu einem Kuß – und plötzlich wußten wir, daß wir gemeinsam fliehen müssen. Wir sind ohne Rast gelaufen, bis wir zu der Höhle kamen."

„Hier seid ihr vorläufig sicher", sagte Neora, „niemand außer uns dreien kennt dieses Versteck." Dann wandte sie sich an Daseo: „Ich verstehe nicht, warum ein Mann wie du Bote geworden ist."

„Wir alle machen Fehler", rechtfertigte sich Daseo, „und ich habe meinen größten begangen, als ich vor fünf Monden nach einem schlimmen Streit mit meinem Vater, der mich schon immer zum Ebenbild seiner selbst machen wollte, nach Tona Kandu ging und den Wächter um Aufnahme in die Schar seiner Boten ersuchte. Ich bestand die Prüfungen, doch das Leben als Bote stellte sich mir ganz anders dar, als ich erhofft hatte. Aber zur Umkehr war es zu spät – ich hatte Greko bereits den Treueschwur geleistet."

„Drei Boten sind heute ins Dorf gekommen. Sie suchen euch", teilte ihnen Neora mit. „Die Boten warnen alle davor, euch beizustehen, doch ich werde es trotzdem tun – brauche aber auch eure Hilfe."

Die Geflohenen sahen Neora verwundert an, und Lisaya fragte: „Wie könnten wir dir helfen – in unserer Lage?“

„Richte diese Frage an Gando! Er ist ein junger Mann aus Tanaga, kam vor drei Tagen in unser Dorf und genießt seitdem Duanas Gastfreundschaft und ihr Vertrauen. Er möchte mit euch reden, über eure und unser aller Zukunft.“ Als sie Mißtrauen wie einen Schatten über Daseos Gesicht gleiten sah, fügte Neora noch hinzu: „Er steht auf eurer Seite und will euch helfen. Ihr könnt ihm vertrauen!“

„Wieso sollten wir ihm trauen?“ erwiderte Daseo. „Bedenke, daß unser Leben auf dem Spiel steht! Man kann niemandem mehr trauen, seit Greko der Wächter ist. Als er sein Amt antrat, begann er sogleich damit, ausgesuchte Boten als Kundschafter in alle Dörfer zu schicken, um die Menschen auszuhorchen. Sie kommen als Fremde, machen sich durch Freundlichkeit und Hilfsbereitschaft beliebt, erzählen eine Lügengeschichte über ihre Herkunft und bauen sich schließlich eine Hütte. Dann suchen sie sich eine Gefährtin, führen ein ehrenwertes Leben und erschleichen sich nach und nach das Vertrauen der Dorfleute, um ihre Gesinnung zu prüfen. Dann und wann kommen sie zu einem geheimen Ort in der Nähe von Tona Kandu, um dem Wächter Bericht zu erstatten. Fallen dabei die Namen von Männern, die sich verräterisch geäußert haben, dann fallen bald darauf auch die Tränen ihrer Gefährtinnen.“

Neora suchte den Blick ihrer Freundin und beschwor sie: „Bitte redet mit Gando! Er hat versprochen, euch zu helfen, und ich glaube an sein Wort.“

„Ich vertraue dir, Neora“, sagte Lisaya. „Wir werden ihn anhören.“

„Aber nur, wenn du uns versprichst“, bedingte Daseo sich aus, „ihn nicht zu unserem Versteck zu führen.“

Neora machte das Zeichen der Verschwiegenheit. Sie verabredeten sich für den nächsten Tag und umarmten sich zum Abschied.

„Wir müssen in Erfahrung bringen, wer Grekos Kundschafter in Baykane ist, sonst könnte alles an ihm scheitern“, sagte Gando mit sorgenvoller Miene, als Neora ihm und der Heilerin von dem Gespräch mit Lisaya und ihrem Gefährten berichtet hatte. „Greko wurde vor ungefähr vierzig Monden Wächter. Nennt mir die Namen der Männer, die sich in den letzten vierzig Monden in eurem Dorf niedergelassen haben! Einer von ihnen ist Grekos Kundschafter.“

„Mehr als ein Dutzend Männer haben sich in dieser Zeit bei uns Hütten gebaut“, sagte Duana, „aber keinem von ihnen traue ich zu, ein so schändliches Doppelleben zu führen.“

„Ich teile Duanas Empfinden“, antwortete Neora auf Gandos fragenden Blick.

„Eure Antworten beweisen, daß der Wächter einen geschickten Kundschafter in Baykane hat“, schloß Gando.

Duana, Neora und Gando waren schon eine Weile im dunstigen Dämmerlicht des herannahenden Morgens unterwegs, als die ersten Strahlen der Sonne die Schöpfung aus dem Schlaf riefen. Sie gingen schweigend nebeneinander, wenn der felsige Weg es zuließ, oder hintereinander, wenn er sich verengte.

Schließlich eröffnete Neora das Gespräch: „Mein Bruder war noch wach, als ich gestern abend nach Hause kam. Er hat die Boten belauscht und aus ihrem Gespräch erfahren, daß die Opferhandlung bei Vollmond tatsächlich in unserem Dorf stattfinden wird. Heute wollen die Boten ein Mädchen auswählen. Morgen nachmittag erwarten sie den Wächter in Begleitung dreier weiterer Boten. Dann werden sie ihm den Namen des Mädchens nennen, und morgen abend soll es in die Hütte des Dorfrates gebracht und dort bis zur Opferung eingeschlossen werden.“

„Das hat Tonkao gut gemacht“, sagte Gando. „Jetzt habe ich die endgültige Gewißheit, daß alles so sein wird wie

beim letzten Mal in Tanaga, als sie meinen Bruder beim Spiel mit seinen Freunden ergriffen und in der Ratshütte einsperrten. Dort waren auch einige Tage vor Vollmond drei Boten erschienen, und am Tag vor seiner Opferung kam Greko mit drei weiteren Boten."

„Also werden der Wächter und sechs Boten die Opferhandlung vollziehen", schloß Duana daraus.

„Aber diesmal werden wir nicht stumm und starr vor Angst dabeistehen und es zulassen!" erwiderte Gando heftig. „Diesmal werden wir nicht die Schuld an dem Mord mittragen, indem wir ihn widerstandslos geschehen lassen!"

Schweigend setzten sie ihren Weg fort. Da sie zügig ausschritten, kamen sie gut voran und erreichten schließlich schneller als erwartet eine Stelle, wo Gando anhielt und auf eine kleine, hellsandige Bucht zeigte, die von einem dichten Gürtel prächtig blühender Taysami-Büsche umgeben war.

„Dort unten am Meer habe ich es gefunden", sagte Gando. Zu der Bucht führte ein etwas steiler, aber gangbarer Weg. Als die Frauen und Gando hinabstiegen, wehte ihnen der süße, schwere Duft der Taysami-Blüten entgegen. „In diese Büsche habe ich es getragen und so verborgen, daß es vom Weg aus nicht zu entdecken ist."

„Ein schöner Ort", sagte Neora.

„Mit einem schönen Geheimnis", ergänzte Gando und ging gebückt hinein in die üppige Blütenpracht.

Die Frauen folgten ihm – voller Spannung auf den Anblick des Geheimnisses, das von nun an auch das ihre sein würde.

Der Wächter stand auf der Terrasse der Ratshütte von Baykane und sah zum Vollmond empor, der den Menschen in der Nacht Gesichter und dem Meer ein trügerisch schönes Glitzern verlieh. Sein Blick senkte sich und wanderte über die Köpfe der Menschen auf dem Dorfplatz. Etwa dreihundert waren gekommen, vielleicht noch mehr, um Zeugen der Opferung zu werden. Grekos Blick schweifte zu dem Floß, das seine Boten noch vor Sonnenuntergang mit Blumen geschmückt hatten. Sie standen nun Schulter an Schulter vor der Terrasse, die Köcher voller Pfeile, Messer in den Gürteln und Speere in den Händen.

Die Hand des Wächters legte sich kurz auf den Kopf seiner Hündin Yasa, die zu seinen Füßen saß. Es war alles wie beim letzten Mal vor sieben Monden: die im Mondlicht bleich wirkenden, ernsten Gesichter der Menschen; ihr unheimliches Schweigen; ihr regloses Warten darauf, daß er, der Wächter, das Kind aus der Ratshütte holen und den Boten zur Vollendung der Zeremonie übergeben würde. Nur der Ort war ein anderer, und das Opfer würde ein Mädchen sein.

Bei der letzten Opferhandlung in Tanaga hatte der Junge vor Angst geschrien, als die Boten ihn auf das Floß fesselten. Seine Schreie hatten sich wie Speere in das Schweigen der Dorfleute gebohrt. Die Boten hatten ihn knebeln müssen, damit er den Meeresgott mit seinem Angstgebrüll nicht beleidigte.

Das in der Ratshütte eingeschlossene Mädchen würde ruhig bleiben. Sie war ein zartes Geschöpf, ein sanftes Kind. Sie würde mit den Augen schreien. Ihre Angst war stumm.

Greko empfand auch diesmal Mitleid mit dem Kind, aber seine Aufgabe war es, die Opferzeremonie zu leiten, um das Land vor Yabahs Zorn zu bewahren. Die Vorhut seiner Boten hatte das Mädchen bereits vor seiner Ankunft aus-

gewählt, und er hatte — wie jedesmal zuvor — ihre Wahl unbesehen gebilligt. Es war ihm wohl bei dem Gedanken, daß nicht er es war, der diese Entscheidung getroffen hatte. Und nicht er würde das Mädchen auf das Floß fesseln, zum Wasser tragen und dem Meer übergeben. Doch er war es, der dem Opfer zuvor einen Blütenkranz um den Hals legen mußte — und dabei würde etwas anders sein als bei den letzten Malen: Diesmal wollte er dem Kind nicht in die Augen sehen.

Greko hob die Arme und sprach mit rauher, starker Stimme: „Menschen von Baykane! Wir sind heute nacht zusammengekommen, um dem Gott des Meeres das von ihm verlangte Opfer darzubringen. Der Hohe Rat hat euer Dorf als Ort der Zeremonie und ein Kind aus eurer Mitte als Opfergabe ausgewählt. Ich teile euer Mitgefühl mit dem unschuldigen Mädchen. Aber ist es nicht gerade seine Unschuld, die der grausame Meeresgott von uns fordert? Ich bin zu euch gekommen, um der Opferhandlung vorzustehen. Möge Yabah uns verschonen!"

Greko räusperte sich. Er war kein Mann der großen Worte, doch es war seine Pflicht, die Opferhandlung mit dem Vortragen der Großen Wahrheiten einzuleiten. Er erhob erneut seine Stimme: „Wie es der Zeremonie entspricht, erinnere ich euch nun an die Großen Wahrheiten, die dem Volk von Tay Manka vor langer Zeit als Lebensgrundlage gegeben wurden: Tay Manka ist der Mittelpunkt der Schöpfung und das einzige Land im endlosen Meer, und seine Bewohner sind die einzigen Menschen. Jeden Abend sinkt die Sonne ins Meer, und jeden Morgen steigt sie wieder aus ihm empor. Wir Menschen sollen dem Beispiel der Sonne folgen und bei ihrem Aufgang erwachen und den Schlaf suchen, wenn sie untergeht. Wir sollen in Frieden leben und nach dem Guten trachten, die Freuden und Sorgen des Lebens miteinander teilen, ehrlich zueinander sein und Gewalt vermeiden. Wir sollen Dörfer gründen, über deren Wohl ein

Rat zu wachen hat, der von den Dorfleuten gewählt wird. Wir Menschen sollen wissen, daß unsere Seele unsterblich ist und nach unserem Tod in einen neuen Körper wandert. Wir sollen wissen, daß wir die höchsten Wesen der Schöpfung sind, aber daß es auch unter uns höhere und niedrigere gibt. Doch selbst der niedrigste Mensch steht über dem Tier. Wir dürfen unbesorgt die Nahrung zu uns nehmen, die das Land uns gibt: Reis, Früchte, Nüsse, Wurzeln und Pilze. Unsere Jäger dürfen die Tiere des Landes töten, damit wir ihr Fleisch essen und aus ihren Häuten und Fellen Kleidung und Decken machen können. Kande, der Gott des Landes, ist großzügig und gütig, und er teilt ohne Groll seinen Reichtum mit uns Menschen. Doch Yabah, der Gott des Meeres, ist geizig und grausam, und er zürnt unseren Fischern, weil sie unentwegt Nahrung für uns alle aus dem Meer fangen. Yabah fordert daher von uns, ihm zu jedem siebten Vollmond ein Kind zu opfern. Er wird das Land in seinem Zorn überfluten und uns alle ohne Erbarmen in den Tod reißen, wenn wir ihm die Opfergabe verweigern.“

Greko wurde in seinem Vortrag von einem leisen Knurren seiner Hündin gestört. Er gab einen leisen, besänftigenden Laut von sich, und Yasa beruhigte sich wieder. Dann fuhr er fort: „Über das Wohl des Landes wacht der Hohe Rat der Sieben Weisen. Stirbt einer der Sieben Weisen, erwählt der Hohe Rat dessen Nachfolger. Der Hohe Rat hat dem Volk die Großen Wahrheiten gegeben, damit es Gut und Schlecht unterscheiden kann. Gut ist, wenn die Menschen sich Hütten bauen, um darin zu wohnen, wenn sie höflich miteinander reden, sich gegenseitig helfen und voneinander lernen, wenn sie sich redlich ernähren und Nachkommen zeugen, um sie im Geist der Großen Wahrheiten zu erziehen. Gut ist auch, wenn sie die Großen Wahrheiten achten und befolgen und die Sieben Weisen, den Wächter und die Boten ehren, wenn sie die Leiber der Toten dem Feuer übergeben, damit ihre Seelen nicht an den leblosen Körpern festhalten, son-

dern sich gleich auf die Suche nach einem neuen Leib begeben können. Schlecht ist, wenn die Menschen ziellos durch das Land streifen und im Freien oder in Höhlen schlafen, wenn sie lügen, betrügen, stehlen und mit den Fäusten sprechen, wenn sie den Frieden stören und die Großen Wahrheiten anzweifeln. Die Großen Wahrheiten sind heilig bis ans Ende der Zeit. Die Sieben Weisen haben dem Volk den Wächter und die Boten gegeben, um die Großen Wahrheiten zu schützen. Wer sie mißachtet, in Worten wie in Taten, wird vor den Hohen Rat geführt, der sein gerechtes Urteil fällen wird. So war es schon immer, und so soll es immer sein!"

Noch während seiner letzten Worte hatte Greko wieder das Knurren seiner Hündin gehört. Er warf einen kurzen Blick auf sie und sah, daß ihre Nackenhaare sich aufgerichtet hatten. Greko flüsterte ihr ein besänftigendes Wort zu, doch diesmal ließ sie sich nicht beschwichtigen und knurrte erneut. Die vielen Menschen schienen sie zu beunruhigen.

Der Wächter erhob erneut die Stimme: „Nun will ich das Opfer den Boten übergeben, die es in unser aller Namen dem Meeresgott darbringen werden!"

Greko wandte den Menschen den Rücken zu, als er die Tür der Ratshütte entriegeln wollte. Da vernahm er ein Surren in der Luft und fast im selben Augenblick spürte er, wie ein Pfeil in seinen Rücken drang. Er fuhr herum und stand in Erwartung des sofortigen Todes wie erstarrt, doch ihn überkam nur ein immer stärker werdender Schwindel. Es gelang ihm noch, einen Giftpfeil aus dem Köcher zu ziehen und ins Blasrohr zu stecken, doch als er Luft einsog und das Rohr an den Mund setzte, schwanden ihm die Sinne, und er sank zu Boden. Auch seine Hündin war von einem Pfeil getroffen worden und brach winselnd zusammen. Den sechs Boten erging es wie dem Wächter. Einem von ihnen gelang es noch, sein Messer zu werfen. Es fiel in den Sand, einige Schritte vor der Menschenmenge.

Ein atemloser Augenblick verging, in dem die Ruhe auf dem Dorfplatz den Sturm ankündigte, der mit dem angstvollen Schrei einer Frau ausbrach. Nun rief und redete alles durcheinander, bis eine laute, aufgeregte Männerstimme sich aus dem allgemeinen Lärm erhob: „Sie haben sie getötet! Sie haben den Wächter und die Boten ermordet – vor unseren Augen! Ergreift sie, haltet sie! Sonst sind wir alle des Verderbens!"

Es kam heftige Bewegung in die Menge, angsterfüllte und empörte Rufe wurden zu wildem Geschrei. Als die wachsende Unruhe und Erregung in Handgreiflichkeiten umzuschlagen drohten, liefen Doko und Neora auf die Ratshütte zu und stiegen auf die Terrasse. Doko hob den rechten Arm und rief: „Hört mich an!"

Nach und nach ebbte das Stimmengewirr ab. Schließlich kehrte wieder Ruhe ein, und alle Gesichter wandten sich dem Dorfrat zu, der die Menschen mit fester Stimme ansprach: „Frauen und Männer unseres Dorfes! Der Wächter und die sechs Boten wurden nicht getötet, sondern nur für eine Weile betäubt. Sie werden bald wieder zu sich kommen. Unsere Heilerin trägt die Verantwortung für ihre Gesundheit und wird sich sogleich um sie kümmern."

Duana trat aus der Menge hervor und sprach von der Terrasse aus zu den Menschen: „Gerade wurde das Leben eines Mädchens aus unserem Dorf gerettet. Dazu mußten der Wächter und sechs Boten kampfunfähig gemacht werden. Ich habe das Betäubungsmittel so gut wie möglich erprobt. So kann ich euch versichern, daß die Gesundheit der Männer und der Hündin dadurch nicht geschädigt wird und sie bald wieder zu sich kommen werden." Nun wandte sich die Heilerin den reglos am Boden liegenden Boten zu, zog ihnen die Pfeile heraus und drückte Anyun-Blätter auf ihre Wunden. Dann ging sie zu Greko, behandelte auch seine Wunde, hob seinen Kopf an und flößte ihm etwas ein. Schließlich versorgte sie auch Yasa, erhob sich und erklärte der Menge: „Ich habe dem Wächter einen starken Trank gegeben, der das erloschene Feuer in seinem Körper wieder entzündet. Er wird in Bälde erwachen."

Nun ergriff Doko erneut das Wort: „Ich selbst habe einen der acht Pfeile abgeschickt, welche die Boten, den Wächter und seine Hündin betäubten. Nach reiflicher Überlegung und sorgfältiger Prüfung meines Herzens und Gewissens habe ich mich dazu entschlossen. Die anderen Schützen sind mein Sohn Tonkao, fünf geachtete Männer aus unserem Dorf und ein ehrenwerter Mann aus Tanaga – die Jäger Torego, Balam, Horak, Sanreko, Londao und Gando!"

Auf Dokos Wink traten Gando und die fünf beherzten Jäger aus der Menge hervor, gingen zu den Besinnungslosen, fesselten sie an Händen und Füßen und banden sie an die Stützpfähle der Ratshütte. Dann bestiegen sie die Terrasse, fesselten auch den Wächter, hoben ihn auf einen Korbstuhl, banden ihn darauf fest und mischten sich wieder unter die Leute.

„Diese gefesselten Männer", fuhr der Dorfrat fort, „haben ihr Bewußtsein in einem doppelten Sinn verloren. Sie waren sich nicht bewußt, daß sie Vorbereitungen zu einem sinnlosen und grausamen Kindesmord trafen. Sie wußten nicht, was sie taten, und es gab keinen anderen Weg, sie von ihrem Tun abzubringen, als den von uns gewählten."

„Wißt ihr denn, was ihr tut?" rief ein Mann erregt aus der Menge. „Ihr stürzt uns alle ins Unheil, in den Tod!"

Neora legte die Hand auf den Arm ihres Vaters und antwortete dem Rufer: „Wir wissen, was wir tun! Wir wollen Tay Manka von Leid, Angst und Irrtum befreien. Und dazu brauchen wir deinen Mut, nicht deine Wehklage!"

„Im Hinblick auf unsere Lage", sagte Doko mit feierlicher Stimme, „berufe ich den Dorfrat unverzüglich ein. Gulan und Bona, gesellt euch zu mir!" Wieder wandte er sich an die Dorfleute: „Wir werden hier auf der Terrasse verhandeln, denn in der Ratshütte ist nicht genug Platz für uns *alle. Da unsere Beratung jeden einzelnen von euch betrifft und unser aller Schicksal von ihrem Ausgang abhängt, sollt ihr alle daran teilnehmen. Kommt also näher, damit euch keines unserer Worte entgeht und auch wir euch gut verstehen!"*

Nach dieser Aufforderung traten die gerufenen Dorfräte Bona und Gulan zu Doko, während Neora mit Duana die Terrasse verließ und mit den anderen einen Halbkreis um sie bildete.

In diesem Augenblick erwachte Greko aus seiner Ohnmacht und starrte fassungslos in die Menge.

„Der Rat von Baykane ist vollzählig und urteilsfähig", fuhr Doko fort. „Alle Bewohner des Dorfes sind anwesend. Der Wächter ist soeben zu sich gekommen und kann der Beratung folgen. Er soll wissen, daß wir seine Boten und seine Hündin nicht getötet, sondern nur für eine Weile betäubt haben. Doch nun laßt uns endlich das Mädchen befreien, das er in den Tod schicken wollte!" Kurz entschlossen entriegelte Doko die Tür der Ratshütte und rief: „Komm, Manya! Hole dir dein Mädchen zurück!"

Schnell löste sich Manya aus der Menge, sprang auf die Terrasse und hielt im nächsten Augenblick weinend ihre Tochter in den Armen.

Neoras Mutter rief mit bewegter Stimme: „Ich stehe auf eurer Seite!"

Doko sprach: „Ich frage euch alle: War es richtig, sieben Menschen zu betäuben, um damit das Leben eines Kindes zu retten?"

„Ja, es war richtig und nötig!" rief die Korbflechterin.

„Es war nur auf den ersten Blick richtig!" hielt Gulan ihr mit angsterfüllter Stimme entgegen. „Zwar wurde ein Kind vor dem Tod bewahrt, aber um welchen Preis! Seine Rettung wird uns alle ins Unheil stürzen, wenn nicht schon vorher das Land überschwemmt wird durch den Zorn Yabahs, dem wir das Opfer verweigert haben!"

Nun setzte ein großes Stimmengewirr ein, das die Dorfrätin Bona mit einer eindringlichen Armbewegung beendete. „Wir müssen jetzt unsere Lage sorgfältig von allen Seiten betrachten. Was geschehen ist, können wir nicht mehr rückgängig machen. Nun kommt es darauf an zu beraten, wie wir die Not abwenden können, in die unser Dorf heute nacht geraten ist", sagte sie gefaßt und erntete beifälliges Gemurmel.

Wieder wandte sich Doko an die Menge. „Ich möchte euch etwas gestehen: Es bedurfte der Überzeugungskraft eines jungen Mannes, der mein Sohn sein könnte, um mir die Augen zu öffnen und das Herz zu stärken. Sein kleiner Bruder Haruno wurde vor sieben Monden in Tanaga geopfert. Er hat uns den Mut und die Entschlossenheit gegeben, kein weiteres Opfer mehr zu dulden. Sein Name ist Gando. Er wird jetzt zu euch sprechen!"

Gando stieg auf die Terrasse, hob die rechte Hand zum Gruß und sprach zu den aufmerksam lauschenden Menschen: „Nicht nur euer Dorf, wie Bona sagte, sondern unser ganzes Volk ist in Not, und das schon seit allzu langer Zeit. Diese Not gilt es abzuwehren, und damit laßt uns heute nacht beginnen! Ich bin in den letzten Monden von Dorf zu Dorf gezogen. Überall sind die Menschen voller Furcht – dieselbe Furcht, die auch auf euch lastet. Warum haben so viele von uns Angst zu sagen, was sie glauben, fühlen und denken? Sie fürchten die Antwort der sieben alten Männer hinter dem großen Zaun in Tona Kandu, die noch keiner von uns gesehen hat. Sie fürchten die Gewalt ihres Wächters und seiner Boten! In jedem Ort hörte ich von Männern, die über Nacht spurlos verschwanden und nie wiederkehrten. Niemand von ihren Verwandten und Gefährtinnen zweifelte daran, daß sie wegen mutig gesprochener Worte von den Boten verschleppt und getötet wurden. Ich lernte Menschen kennen, die mir gestanden, daß sie nicht an Yabah, den Meeresgott, glauben und das Kindesopfer für sinnlos und unmenschlich halten. Doch sie sagten es im Flüsterton und verlangten von mir Verschwiegenheit. Ich war zu Gast bei zwei Familien, in denen anmutige Mädchen zu Frauen heranwachsen. Ihren Eltern und Geschwistern schnürt die Furcht das Herz ein, daß eines Tages die Boten in ihre Hütten dringen und die Mädchen nach Tona Kandu entführen werden, um ihnen dort die sogenannte Ehre zu erteilen, den Sieben Weisen zu dienen. Doch glaubt mir: Es wartet dort keineswegs Ehre, sondern tagtägliche Entehrung auf unsere jungen Frauen! Nun ist der rechte Augenblick gekommen, den alten Männern und ihren Handlangern die Macht zu nehmen, unter der wir alle zu lange schon gelitten haben, damit die Furcht aus unseren Herzen weicht und der Zaun zwischen unseren Gedanken und unseren Worten fällt – und wir eins mit uns und damit frei werden! Dies ist die Nacht der Befreiung, in der sich unser Schicksal entscheidet. Ich habe eine große Überraschung für euch: Einer der Dienerinnen gelang vor wenigen Tagen die Flucht aus Tona Kandu. Ihr alle kennt sie gut. Sie ist eine Tochter eures Dorfes. Ihr wißt, daß ihren Worten zu trauen ist."

Jetzt kam Lisaya hervor, die sich mit Daseo während der Ansprache des Wächters versteckt gehalten hatte, und stieg zu Gando auf die Terrasse. Ihr Erscheinen weckte große Freude unter den Dorfleuten. Sie schwenkten Tücher und riefen ihr herzliche Worte zu. Immer wieder ertönte ihr Name.

Als die Begeisterung über ihre unverhoffte Rückkehr einer erwartungsvollen Stille Platz gemacht hatte, sprach Lisaya: „Ich bin so froh, wieder bei euch zu sein! Ihr könnt euch nicht vorstellen, wie sehr ich mich danach gesehnt habe, wieder in Freiheit zu leben! Ich will euch erzählen, aus welchem Holz die Sieben Weisen geschnitzt sind und wie sie ihre Dienerinnen behandeln. Dann werdet ihr verstehen, warum ich geflohen bin. Und ihr werdet euch fragen, warum ihr euch von solchen Menschen beherrschen laßt!"

„Ja, Lisaya, erzähle uns allen, wie die Sieben Weisen sind", rief eine Frau, „und warum sie sich vor uns verstecken!"

„Sie sind boshaft und gemein", brach es aus Lisaya heraus, „und sie verbergen sich hinter ihrem großen Zaun, weil sie Angst vor uns haben. Es sind ehrlose, alte Kerle mit verdorrten Herzen und selbstsüchtiger Gesinnung, die immerfort essen und trinken und den ganzen Tag lang auf der faulen Haut liegen. Sie schimpfen, fluchen und kennen keinen Anstand. Ich sage euch, sie verdienen eure Achtung nicht! Glaubt mir: Es gab Tage, an denen ich am liebsten tot gewesen wäre. Dabei hätte es mir noch schlechter ergehen können. Einer der Alten zeigte ein wenig Erbarmen mit mir und bewahrte mich vor dem Schlimmsten. Andere Dienerinnen wurden an den Haaren gezogen, zu Boden gestoßen, geschlagen und getreten. Die Alten schütteten ihnen die Suppe ins Gesicht, wenn sie ihnen nicht schmeckte. Ich hätte nicht für möglich gehalten, wie gemein, herzlos und böswillig Menschen sein können! Es verging kein Tag ohne Demütigungen. Lieber würde ich sterben, als wieder dort zu leben!"

Entsetzen, Bestürzung und Empörung breiteten sich aus, und verächtliche Worte wurden laut. Schließlich rief eine Frau aus, was die meisten Dorfleute in diesem Augenblick empfanden: „Wir müssen die Dienerinnen aus den Händen dieser Unmenschen befreien!"

Unterstützende Zurufe und bekräftigender Beifall folgten ihrem Aufruf.

„Ja", ergriff Gando wieder das Wort, „so bald wie irgend möglich! Aber wir dürfen nichts überstürzen. Der Zaun wird von hundert Boten bewacht. Bevor wir ihn überwinden könnten, müßten wir gegen die Boten kämpfen. Unsere Pfeile würden sie betäuben, doch ihre Pfeile würden uns töten. Die sieben Alten könnten den Kampflärm hören und uns erwarten – mit dem Messer am Hals der Dienerinnen. Nein, dies wäre der falsche Weg!"

„Und welcher Weg wäre denn der richtige?" wollte die Dorfrätin Bona wissen.

Gando wies auf Greko, der dem Geschehen mit versteinertem Gesicht beiwohnte. „Wir müssen den Wächter davon überzeugen, daß es das beste für ihn und uns alle ist, wenn er sich uns anschließt."

„Das wird dir nie gelingen!" Gulan schüttelte heftig den Kopf. „Greko ist den Sieben Weisen treu ergeben. Sein Treueschwur bindet ihn an sie bis in den Tod!"

„Kein Schwur ist so fest, daß er nicht gebrochen werden kann, und kein Irrtum ist so stark, daß er der Wahrheit standhalten kann", erwiderte Gando. „Ich frage euch: Könntet ihr einem Menschen noch Glauben schenken, der euch bereits einige Male belogen hat? Ich sehe, fast alle von euch schütteln den Kopf! Meine zweite Frage lautet: Wenn sich einige der Großen Wahrheiten als Lügen entpuppten, würdet ihr dann noch an die anderen glauben? Ich sage euch: Unter den Großen Wahrheiten gibt es Lügen oder Irrtümer, die uns zum Schaden gereichen und uns das sinnlose Fürchten und Leiden gelehrt haben. Es ist an der Zeit, Irrtum von Wahrheit zu trennen – und neue Lebensgrundlagen zu schaffen!"

Ein Raunen war zu hören, in dem sich Zweifel, Zustimmung, Angst und Hoffnung mischten. Schließlich setzte sich die kräftige Stimme eines älteren Mannes durch: „Welche der Großen Wahrheiten ist denn ein Irrtum, Fremder? Nenne uns nur eine! Aber beweise uns, daß sie irrig ist! Dann werden wir nicht umhin können, auch die anderen anzuzweifeln."

„Gleich die erste der Großen Wahrheiten ist ein Irrtum!" antwortete Gando. „Ihr habt sie eben aus dem Mund des Wächters vernommen: Tay Manka ist der Mittelpunkt der Schöpfung und das einzige Land im endlosen Meer. Seine Bewohner sind die einzigen Menschen der Schöpfung."

„Nein, das ist kein Irrtum!" rief eine junge Frau voller Erregung. „Das ist wahr! Es gibt keine Menschen außer uns und kein Land außer Tay Manka!"

Gando schüttelte heftig den Kopf und begann, sein Geheimnis zu enthüllen: „Vor wenigen Tagen ging ich den Küstenweg von Yangabe nach Baykane entlang und entdeckte in einer kleinen Bucht etwas, das die Strömungen des Meeres an unsere Bambusküste getrieben hatten. Es ist der sichere Beweis dafür, daß unser Land nicht das einzige im Meer ist – und wir nicht die einzigen Menschen der Schöpfung sind. Lisaya, Daseo – bringt es uns!"

Nach Gandos Ankündigung kehrte äußerst gespannte Aufmerksamkeit auf dem Dorfplatz ein, und alle Augenpaare richteten sich wie gebannt auf Lisaya und Daseo, die Gandos Fund, einen länglichen Gegenstand, herbeitrugen und vor der Terrasse aufstellten. Augenblicklich entstand ein großer Aufruhr. In den Gesichtern spiegelten sich Überraschung und Verwunderung.

„Ist es nicht wunderschön?" rief Gando in die Menge. „Eine Frau und ein Mann – für immer vereint in inniger Umarmung. Noch nie sah ich etwas von Menschenhand Geschaffenes, das diesem Standbild an Schönheit nahekommt! Ein begnadeter Schnitzmeister muß es aus dem Stamm eines mächtigen Baumes gefertigt haben. Sein rotbraunes Holz ist schwer und so hart, daß es dem Meerwasser widerstanden hat. Es gibt in unserem Land keinen Baum, der ein so festes, edles Holz besitzt. Wir haben auch keinen Schnitzer, der daraus ein so vollendetes Werk hätte schaffen können. Es stammt ohne Zweifel aus einem Land, wo andere Bäume wachsen und andere Menschen leben. Ihr wißt, was das bedeutet: Wir sind nicht allein in der Schöpfung! Wir wissen nicht, wo dieses andere Land ist und warum wir es nicht sehen können, aber es muß irgendwo in den Weiten des Meeres sein. Wir wissen nur eins: Dort verehren die Menschen die Liebe! Das Kunstwerk beweist

es uns! Kommt näher und überzeugt euch mit eigenen Augen und Händen!"

Noch während Gandos Worten hatten die ersten Dorfleute ihre Scheu vor dem lebensgroßen Standbild verloren und näherten sich ihm, berührten es vorsichtig und bewunderten es andächtig.

„Zwei Liebende – aus einem Holz geschnitzt", sagte eine junge Frau voller Entzücken und ließ ihre Fingerspitzen behutsam über die weichen Formen der Statue gleiten.

Nun näherten sich immer mehr Menschen Gandos außerordentlichem Fund, um ihn aus der Nähe zu betrachten und zu befühlen. Ein aufgeregtes Raunen und Flüstern erfüllte den Dorfplatz. Alle Dorfleute umringten wie verzaubert die wundersam im Mondlicht schimmernden Liebenden, deren vollkommene Schönheit sie in ihren Bann zog.

Greko betrachtete die Holzfigur mit scheinbarer Gleichgültigkeit, doch Gando erkannte, daß der Wächter genauso beeindruckt war wie alle Menschen auf dem Dorfplatz, vielleicht sogar erschüttert.

„Wir haben euch bewiesen, daß die erste der Großen Wahrheiten nur auf Sand gebaut war", sprach Gando zu den Dorfleuten. „Ist jemand unter euch, der den Beweis nicht anerkennt?"

Keine Stimme regte sich.

„Ist jemand unter euch", fuhr er fort, „der jetzt nicht an den anderen Großen Wahrheiten zweifelt?"

Niemand meldete sich.

„Vielleicht ist die erste der Großen Wahrheiten wirklich nicht richtig", erhob Greko zur Überraschung aller seine Stimme. „Doch das beweist noch lange nicht, daß die anderen es auch sind!"

Gando ließ sich seine Erleichterung über Grekos Einwand nicht anmerken. Der Wächter hatte den Kampf aufgenommen! Gandos große Befürchtung, daß Greko in ge-

kränktem Stolz der Beratung so stumm und reglos beiwohnen würde wie die hölzerne Figur aus dem anderen Land, fiel wie eine Last von seiner Seele.

„Das behaupten wir auch nicht", entgegnete Gando. „Einige der Großen Wahrheiten sind gut und richtig, andere sind übel und falsch. Doch wie man eine Hütte nicht mit festen und morschen Pfählen bauen soll, darf man auch eine Lebensordnung nicht auf Wahrheiten und Irrtümer gründen. Wir müssen gemeinsam das Falsche vom Wahren trennen und uns neue Lebensgrundlagen schaffen. Wo wir keine Sicherheit gewinnen können, soll so lange Zweifel herrschen, bis Gewißheit besteht."

„Und wenn wir sie niemals finden?" forderte Greko ihn heraus.

„Dann müssen wir mit der Ungewißheit leben", gestand Gando ein. „Vieles im Leben ist ungewiß, und niemand vermag zu sagen, was der Tod für uns bereithält. Wir glauben, daß unsere Seele dann einen neuen Körper geschenkt bekommt. Aber wir können es nicht wissen! Noch nie kehrte ein Toter zu den Lebenden zurück, um ihnen zu erzählen, was nach dem Ende auf sie wartet. Vielleicht werden wir wiedergeboren, vielleicht ist der Tod aber auch endgültig. Dies ist eine Ungewißheit, der wir ins Auge sehen müssen."

Einige Dorfbewohner ließen ihrem Unwillen freien Lauf und widersprachen ihm lautstark.

„Ich verstehe euren Unmut", rief Gando. „Vielen fällt es schwer, das Ungewisse anzunehmen. Es macht ihnen angst, und deshalb greifen sie zu einer Vermutung oder einem Irrtum — und nennen es Glauben. Unsere Angst vor einer Überflutung des Landes hat zu dem Glauben an einen Meeresgott geführt, der sich mit Opfern besänftigen lasse. Dieser Wahnsinn hat schon viele unserer Kinder das Leben gekostet. Ich sage euch: Es gibt keinen Meeresgott!"

„Kannst du auch das beweisen?" forderte Greko.

„Wenn es ihn gäbe, müßte er jetzt doch sehr wütend darüber sein, daß wir ihm sein Opfer vorenthalten haben! War-

um regt er sich nicht? Warum entfacht er keinen vernichtenden Sturm? Warum schickt er uns nicht palmenhohe Wogen, um uns in seinem Zorn zu ertränken? Blickt hinaus aufs Meer! Seht, wie ruhig und friedlich es im Mondlicht liegt! Das Meer wird unser Land nicht überschwemmen, nicht heute nacht, nicht morgen, niemals! Die Schöpfung hat es so eingerichtet, und wir sollten darauf vertrauen. Doch den sogenannten Sieben Weisen müssen wir unser Vertrauen entziehen. Ihr habt gehört, was Lisaya über sie gesagt hat! Ist jemand unter euch, der noch Achtung vor diesen Männern hat?"

Niemand meldete sich.

„Diese ehrlosen alten Kerle, wie Lisaya sie genannt hat, haben unsere mutigsten jungen Männer töten lassen, unsere anmutigsten Frauen mißbraucht und gedemütigt und unsere Kinder einem Gott geopfert, den es nur in ihren wirren Köpfen gibt! Ihr wißt, daß sie auch meinen kleinen Bruder in den Tod geschickt haben, und deshalb werdet ihr mich verstehen, wenn ich euch sage, daß ich sie hasse und ihnen oft genug den Tod gewünscht habe. Aber schließlich erkannte ich, daß weder ich noch wir das Recht haben, sie zu töten. Auch wenn sie hinter ihrem Zaun zu Unmenschen geworden sind, dürfen wir unser Gewissen nicht mit ihrem Blut beflecken. Unsere neue Ordnung kann nur auf einem Boden gut gedeihen, der nicht von Blut getränkt ist!"

Überall ertönte Zustimmung.

„Ob wir in Frieden zu einem neuen Leben finden werden oder es durch den Kampf mit den Boten erringen müssen, hängt allein von dem Wächter ab. Ich frage dich nun, Greko: Schließt du dich uns an?"

Der Wächter schüttelte heftig den Kopf. Dann brach mühsam unterdrückte Wut aus ihm hervor: „Euch heimtückischen Verrätern werde ich mich nicht anschließen! Wenn ihr mich hier festhaltet, werden meine Boten morgen gnadenlos über euch herfallen und euer Dorf dem Erdboden gleichmachen!"

„So wird es nicht kommen!“ erwiderte Gando mit fester Stimme. „Verstehe doch, Wächter: Nicht gegen dich und deine Boten erheben wir uns, sondern gegen die Alten hinter dem Zaun und ihre verderbliche Macht. Es gab für uns keinen anderen Weg, als dich zunächst zu betäuben und zu fesseln. Ich verspreche dir und den Boten ein besseres Leben in Freiheit ohne Angst und Irrtum. Ihr werdet unter uns leben, in unseren Dörfern. Ihr werdet mit uns ein neues Leben beginnen – als Fischer, Jäger, Reisbauern, Weber, Schnitzer, Flechter oder Heilkundige. Wir werden euch verzeihen und nicht über eure Vergangenheit urteilen! Darauf gebe ich dir mein Wort.“

Alle Blicke richteten sich nun gespannt auf das Gesicht des Wächters. „Warum starrt ihr mich so an? Was wollt ihr von mir?“ rief er in die Menge.

„Gehe mit uns nach Tona Kandu“, schlug ihm Gando vor. „Befiehl allen deinen Boten, die Waffen niederzulegen und sich uns anzuschließen! Morgen, wenn die Sonne ihren höchsten Stand erreicht, werden die Alten die Zaunpforte öffnen, um ihre Dienerinnen herauszulassen. Sobald die jungen Frauen in Sicherheit sind, verriegeln wir die Pforte von außen und sperren die Alten dort ein, wo sie sich schon immer am wohlsten gefühlt haben. Später beraten wir gemeinsam, was mit ihnen geschehen soll!“

„Warum sollten wir sie gefangenhalten? Ergreifen wir sie kurzerhand und stürzen sie von der Klippe der Verräter! Sie haben den Tod verdient!“ rief ein alter Fischer haßerfüllt.

„Nein!“ entgegnete Gando bestimmt. „Wir dürfen Unrecht nicht mit Unrecht vergelten! In unserer neuen Ordnung soll kein Mensch mehr das Leben eines anderen zerstören! Unser Leben ist ein Geschenk der Schöpfung, und nur die Schöpfung darf es zurücknehmen!“

„Du redest von Menschen! Aber die Männer hinter dem großen Zaun sind Unmenschen! Sie verdienen keine Gnade!“ widersprach der alte Fischer und ballte die Faust. „Sie *haben meinen einzigen Sohn töten lassen, weil er es nicht verstand, seine Gedanken geheimzuhalten!"*

„Ich verstehe deinen Zorn so gut!" sagte Gando. „Aber wir geben deinem Sohn sein Leben nicht zurück, wenn wir den alten Männern ihres nehmen."

„Soll ihre Schuld denn ungesühnt bleiben?" rief der Fischer verbittert.

„Nein! Wir halten sie so lange in Gefangenschaft, bis wir eine Strafe finden, die ihrer Schuld angemessen ist." Dann wandte sich Gando wieder dem Wächter zu. „Ich weiß, daß du ein großer Kämpfer und ein tapferer Mann bist, Greko. Nun zeige uns, daß du auch Herz und Verstand hast. Gehe mit uns nach Tona Kandu und befiehl deinen Boten, die Waffen niederzulegen und sich friedlich in unsere neue Ordnung einzufügen! Nur auf dein Wort werden sie hören!"

„Was geschieht, wenn ich mich weigere, mit euch zu ziehen?" fragte der Wächter. „Wollt ihr meine Boten mit der Drohung, mich zu töten, zum Frieden zwingen? Diesen Versuch könnt ihr euch ersparen."

„Wenn du dich weigerst, mit uns zu gehen, wird es zum Krieg kommen", sagte Gando, „aber er wird anders verlaufen, als du erwartest. Alle unsere Männer, die mit einem Blasrohr umgehen können, werden noch vor dem Morgengrauen das Dorf verlassen, deinen Boten in den Grünen Hügeln auflauern und sie mit Betäubungspfeilen überraschen. Die Frauen, die Kinder und die übrigen Männer werden hier auf den Ausgang des Krieges warten und dich und deine sechs Begleiter bewachen. Nach Beendigung des Kampfes werden wir dich zu den Männern, denen du blinden Gehorsam geleistet hast, hinter den großen Zaun sperren. Du sollst eine Weile mit ihnen leben, damit du erkennst, welch üble Greise deine Herren waren. Später entscheiden wir über ihr und dein weiteres Schicksal."

„Ihr werdet den Krieg verlieren!" brach es aus Greko hervor.

„Wir werden ihn gewinnen!" erwiderte Gando voller Zuversicht. „Wie gut unsere Jäger mit dem Blasrohr umgehen können, hast du am eigenen Leib erfahren. Wir werden überraschend angreifen. Bis deine Boten merken, wie ihnen geschieht, liegen die ersten von ihnen schon regungslos am Boden."

Greko schloß die Augen. Die Blicke aller Dorfleute richteten sich auf sein Gesicht.

„Entscheide dich für den Frieden, Greko!" rief eine junge Frau eindringlich. „Das Leben vieler Menschen liegt in deiner Hand!"

Greko öffnete die Augen, suchte vergeblich das Gesicht der Frau und schleuderte dann seine Klage in die Menge: „Schaut mich an! Man hat mich feige aus dem Hinterhalt angegriffen und betäubt, hat mich gefesselt wie einen gemeinen Waldräuber. Behandelt man so einen Mann, dessen Hilfe man braucht? Ich verweigere mich eurem Verrat!"

„Dein Starrsinn zwingt mich zu einem Schritt, den ich gerne vermieden hätte", sagte Gando. „Ergreift Grekos Hündin!" wies er zwei Jäger an. Sie gingen zu Yasa, die noch immer betäubt neben ihrem Herrn lag, fesselten ihre Läufe und trugen sie zu dem Opferfloß.

„Was macht ihr mit Yasa? Laßt sie in Frieden! Warum wollt ihr sie opfern?" rief Greko ihnen voller Erregung nach.

„Damit du fühlst, wie es ist, ein geliebtes Wesen auf diese Weise zu verlieren!" erwiderte Gando.

Greko sah ihn bestürzt an. „Es geht nicht um mich! Yasa ist ein unschuldiges Tier! Verschont sie!" flehte er mit heiserer Stimme.

„Du wolltest eben noch ein unschuldiges Kind opfern", hielt ihm Gando vor, „und nun bittest du für das Leben einer Hündin! Was bist du für ein Mensch?"

„Es war meine Pflicht, die Opferhandlung zu unser aller Wohl zu leiten", rechtfertigte sich Greko. „Es tut mir leid, daß es in Tanaga deinen Bruder getroffen hat, aber..."

„Deine Pflicht!" fiel Gando ihm verächtlich ins Wort. „Du hättest die Pflicht gehabt, dein Gewissen und dein Herz zu prüfen, ob du recht daran tust, ein Kind töten zu lassen, aus welchem Grund auch immer! Diese allererste Menschenpflicht hast du mißachtet!"

„Du hast leicht reden", erwiderte Greko aufgebracht, „aber in meiner Stellung hättest du genauso wie ich gehandelt!"

„Ich hätte mich nie und nimmer in deine Stellung begeben, weil ich die Freiheit liebe. Du bist zwar ein mächtiger, aber ein unfreier Mann. Hundert Boten gehorchen deinem Befehl, doch du gehorchst sieben mürrischen Greisen! Jeder kleine Fischerjunge ist freier als du — und du bist auch noch stolz auf deine Stellung! Du wärst erst dein eigener Herr, wenn du niemanden mehr über dir und niemanden unter dir hättest. In unserer neuen Ordnung wird es keinen Menschen mehr geben, der Befehle erteilt und keinen, der Befehlen gehorcht!"

Während Gandos Worten hatte Greko unentwegt zu seiner Hündin geschaut, die noch immer reglos auf dem Opferfloß lag. „Laßt sie leben", bat er leise.

„Schließe dich uns an, und Yasa ist frei!" sagte Gando.

„Ich lasse mich nicht von euch erpressen!" Der Wächter schloß die Augen, als könne er den Anblick der gefesselten Hündin nicht mehr ertragen.

„Du läßt dich nicht erpressen", entgegnete Gando, „und du läßt dich nicht überzeugen. So bleibt mir keine andere Wahl, als dich zu einem gerechten Wettkampf zu fordern. Nimmst du die Herausforderung an, werden wir deiner Hündin das Leben schenken."

Greko warf Gando einen Blick zu, in dem sich größte Verwunderung spiegelte, und verlangte: „Erkläre mir die Regeln dieses Wettkampfes!"

„Ich werde einen weißen Punkt in der Größe einer Kirsche auf die Tür der Ratshütte malen. Dann wirst du von deinen

Fesseln befreit — doch bedenke: Die Blasrohre unserer Jäger werden auf dich gerichtet sein, damit du nicht in Versuchung gerätst, die Regeln des Wettkampfes zu brechen!"

„Ich habe noch nie die Regeln eines gerechten Kampfes gebrochen!" versicherte Greko stolz. „Nenne sie mir endlich!"

„Du trittst gegen einen von uns an", fuhr Gando mit seiner Erklärung fort. „Ihr stellt euch zehn Schritte vor der Tür nebeneinander auf, schießt abwechselnd mit dem Blasrohr und versucht, mit euren Pfeilen den weißen Punkt zu treffen. Wem dies zuerst gelingt, der ist Sieger! Unterliegst du, mußt du dich uns anschließen und unsere Forderungen bedingungslos erfüllen. Siegst du, werden wir dich nach dem Krieg nicht zu den Alten hinter den Zaun schicken, sondern dir die Freiheit schenken. Wir werden dich beobachten, du wirst keine Waffe mehr tragen dürfen, aber deine Freiheit wird dir erhalten bleiben. Ich glaube allerdings nicht, daß du dich ihrer erfreuen wirst, denn auf deinem Gewissen wird die Schuld an dem sinnlosen Tod der Kriegsopfer lasten. Und die Überlieferungen unserer Kindeskinder werden verächtlich von dem letzten Wächter unserer Geschichte berichten, dessen größte Tat darin bestand, durch bloßen Starrsinn den Tod vieler Männer mitverschuldet zu haben!"

„Genug der Worte! Laß uns kämpfen!" rief Greko erregt aus.

Auf ein Zeichen Gandos gingen zwei Jäger zu der Hündin, nahmen ihr die Fesseln ab und legten sie Greko zu Füßen.

„Zeige mir den Mann, mit dem ich es zu tun habe", verlangte Greko.

„Es ist kein Mann. Dein Gegner ist Tonkao, der Sohn Dokos."

Ungläubiges Raunen erfüllte den ganzen Platz, als Tonkao sich aus der Menge löste.

Greko brach in spöttisches Gelächter aus. „Ich soll gegen einen Jungen antreten?"

„Es mag ein Junge sein", antwortete Gando ruhig, „aber nicht im Umgang mit dem Blasrohr!"

„Bindet mich los!" forderte der Wächter siegesgewiß.

Gando wandte sich an die neben ihm stehenden Dorfräte. „Seid ihr damit einverstanden, daß der Wettkampf ausgetragen wird?"

Doko hob sofort den rechten Arm, Bona nach kurzem Zögern. Zu Gandos Überraschung gab schießlich auch Gulan seine Zustimmung.

Die Menschen hatten sich in zwei Reihen zu beiden Seiten der Wettkämpfer aufgestellt, von denen der eine dem anderen gerade bis über die Ellbogen reichte, und harrten voller Spannung des Wettkampfes.

Als Gando mit zwei ungleich langen Hölzchen in der Hand vor Tonkao und Greko trat, um sie das Anrecht auf den ersten Schuß auslosen zu lassen, wies Greko ihn mit einer barschen Geste zurück und sagte: „Der Junge hat den ersten Versuch!"

Atemlose Stille herrschte auf dem Dorfplatz, als Tonkao sein Blasrohr zum Mund führte und den ersten Pfeil abschoß, der eine Handbreit unterhalb des weißen Punktes in der Tür steckenblieb.

„Du hast eine ruhige Hand", lobte ihn Greko, setzte das Blasrohr an die Lippen, atmete tief durch die Nase ein und schoß. Sein Pfeil verfehlte das runde Zeichen nur um die Breite zweier Finger.

Tonkao blickte anerkennend zu Greko auf. „Du hast ein gutes Auge." Dann zielte er ein zweites Mal – und verfehlte den weißen Punkt nur um einen Fingerbreit.

Greko warf Tonkao einen verwunderten Blick zu. Dann führte er sein Blasrohr zum Mund, sog Luft ein und schoß. Auch Grekos zweiter Pfeil verfehlte das Ziel nur knapp.

Nun steckte Tonkao seinen dritten Pfeil ins Blasrohr, senkte den Kopf und sammelte sich. Schließlich hob er es mit einer langsamen, fast feierlichen Bewegung an die Lippen, atmete ruhig ein, blies – und traf mitten in den weißen Punkt.

Nach einem Augenblick ungläubiger Stille brandete gewaltiger Jubel auf. Die Menschen riefen, schrien und lachten, manche fielen sich in die Arme, andere begannen vor Freude zu springen und zu tanzen.

Greko blickte fassungslos auf den Jungen hinab, der ihn besiegt hatte. Schließlich gewann er seine Haltung zurück und legte die Hand auf Tonkaos Schulter. „Das war ein Meisterschuß, Junge! Du bist noch ein kleiner Mann, aber schon ein großer Schütze!"

„Das Glück hat mir geholfen", erwiderte Tonkao.

Greko schüttelte heftig den Kopf. „Das war kein Glück, sondern ein vollkommener Schuß!" Dann hob er die Arme, und augenblicklich wurde es still auf dem Dorfplatz von Baykane. „Männer und Frauen! Dieser Junge hat mich in einem gerechten Wettkampf besiegt. Nun ist es an mir, zu meinem Wort zu stehen! Ich werde mich euch anschließen und eure Forderungen erfüllen!"

Ein Freudensturm brach los. Die Menschen jubelten, umarmten sich, klopften sich auf die Schultern. Alle stimmten Hochrufe auf Greko an.

Die Dorfleute waren so sehr von ihrer Begeisterung über den Ausgang des Wettkampfes erfüllt, daß keiner von ihnen rechtzeitig erkannte, wie Neoras Gefährte Tago mit wutverzerrtem Gesicht auf Greko zustürzte, sein Messer aus der Lederscheide zog und zum Stoß in seinen Rücken ausholte. Schnell warf sich Tonkao dem Angreifer vor die Füße und brachte ihn zu Fall. Im Nu hatte Greko das Messer Tagos Hand entwunden und wollte es dem Gestürzten gerade ins Herz stechen, als sein Blick auf Tonkao fiel, der beschwörend seine Hände erhoben hatte.

Greko stieß einen gewaltigen Schrei aus und schleuderte das Messer auf die Tür der Ratshütte, wo es unweit der fünf

Pfeile tief ins Holz eindrang. Im nächsten Augenblick hatten einige Männer Tago überwältigt und gefesselt.

Neora war vor Entsetzen wie gelähmt und starrte fassungslos auf den am Boden liegenden Mann, mit dem sie lange unter einem Dach gelebt hatte.

„Dieser Narr", schrie Greko in das erschrockene Schweigen und streifte Tago mit einem verächtlichen Blick, „war mein Kundschafter in eurem Dorf! Er konnte nicht begreifen, daß ich zu meinem Wort stehen muß. In blinder Wut wollte er mich töten, um uns allen den Weg zum Frieden zu verbauen. Daß es ihm nicht gelang, verdanken wir diesem Jungen! Sein Vater kann stolz auf ihn sein." Dann kniete Greko nieder, nahm Tonkao bei den Schultern und zog ihn an sich.

Gando fiel eine schwere Last von der Seele. Bewegt sah er, wie Greko Tonkao umarmte, und plötzlich kamen ihm Zweifel, ob Greko, der unbestrittene Meisterschütze, wirklich so genau auf den weißen Punkt gezielt hatte, wie es allen erschienen war. Denn nur so, als Besiegter in einem gerechten Wettkampf, hatte er sich den Befreiern anschließen können, ohne vor seinem Gewissen als Verräter dazustehen und ohne sein Gesicht zu verlieren.

Noch in derselben Nacht brachen die Menschen von Baykane mit Gando und Greko an der Spitze nach Tona Kandu auf und erreichten das Dorf der Weisen in den Morgenstunden des nächsten Tages.

Greko wies die überraschten Boten an, ihre Waffen niederzulegen und sich in größerer Entfernung vom Zaun zu versammeln, wo er zu ihnen sprach: „Boten! Dies ist der Beginn einer neuen Zeit und einer neuen Ordnung! Die Macht des Hohen Rates ist gebrochen! Ihr habt unwürdige alte Männer ernährt und beschützt! Von nun an werdet ihr keine Boten mehr sein, sondern Menschen wie alle anderen auch. Ihr werdet in eure Dörfer zurückkehren und euren

Lebensunterhalt als Fischer, Jäger oder Reisbauern verdienen."

Ungläubige Gesichter starrten Greko an.

„Mein letzter Befehl an euch lautet: Mischt euch unter die Dorfleute von Baykane und laßt euch von ihnen berichten, was in der letzten Nacht geschehen ist. Dann geht in alle Dörfer des Landes, um den Menschen davon zu erzählen. Sagt ihnen, daß für uns alle ein neues Leben begonnen hat! Ruft alle Dorfräte zusammen und richtet ihnen aus, daß wir sie umgehend in Baykane erwarten, um mit ihnen gemeinsam die neuen Lebensgrundlagen unseres Volkes festzulegen. Ich entbinde euch von eurem Treueschwur! Von nun an habt ihr niemandem mehr zu gehorchen. Ihr seid freie Männer! Geht in Frieden!"

Eine Weile standen alle Boten wie erstarrt, als trauten sie ihren Ohren nicht. Schließlich näherten sich die ersten von ihnen zögernd den Leuten von Baykane.

Als die Sonne ihren höchsten Stand erreichte, öffnete sich die Pforte im Zaun, und sechs junge Frauen kamen, wie jeden Tag um diese Zeit, mit demütig gesenkten Köpfen ins Freie, um ihre Krüge mit Wasser zu füllen. Ehe die Pforte wieder von innen geschlossen wurde, stieß Greko den gefesselten Tago hindurch. Dann verriegelten er, Gando und Doko die Pforte von außen. Hinter dem Zaun hörte man das aufgeregte Gezeter der alten Männer, doch niemand schenkte ihnen Beachtung.

Nachdem einige Dorfleute sich bereit erklärt hatten, vorläufig in Tona Kandu zu bleiben, um die Gefangenen zu bewachen und dafür zu sorgen, daß sie zu trinken und zu essen bekamen, begaben sich alle anderen auf den Heimweg.

Als die Räte aller vierundzwanzig Dörfer des Landes in Baykane eingetroffen waren, begannen die Beratungen über die neuen Lebensgrundlagen. Am Abend des dritten

Tages war die neue Ordnung beschlossen, und man erteilte Gando die Ehre, sie den erwartungsvoll auf dem Dorfplatz ausharrenden Menschen zu verkünden.

Gando stieg auf die Terrasse der Ratshütte, hob die Arme und sprach: „Frauen und Männer! Wir haben viel Zeit benötigt, um eine neue Ordnung für unser Land zu finden. Ich danke euch allen für die Aufmerksamkeit und Geduld, mit denen ihr an den Beratungen teilgenommen habt. Bevor ich euch die neuen Grundlagen unseres Zusammenlebens bekanntgebe, laßt mich das Ergebnis unserer Besprechung über die den Sieben Weisen gebührende Strafe kundtun. Ich verstehe den Abscheu und Haß, den so viele von euch gegen diese Unmenschen hegen. Ihr wißt, daß mein kleiner Bruder ein Opfer ihrer Schreckensherrschaft wurde. Ich hätte also Grund genug gehabt, mich denjenigen unter euch anzuschließen, die den Tod der alten Männer forderten. Doch ich tat es nicht, weil ich fest davon überzeugt bin, daß wir nicht das Recht haben, sie zu töten. Manche von euch verlangten, die Alten hinter ihrem Zaun jämmerlich verdursten zu lassen. Doch dies wäre nur eine andere Art, sie zu ermorden. In unserer neuen Ordnung darf niemand, aus welchen Gründen auch immer, anderen Menschen das Lebenslicht auslöschen. Aber wir haben das Recht, uns vor jenen zu schützen, die Unheil und Verderben über uns bringen, indem wir sie aus unserer Gemeinschaft ausschließen. Die Sieben Weisen hatten sich bereits selbst ausgeschlossen, und wir haben sie dort eingesperrt, wo sie sich schon immer sicher vor uns gefühlt haben. Es sind alte Männer, deren Tage gezählt sind. Warum sollten wir zu Mördern an kränkelnden Greisen werden, die der Tod ohnehin bald dahinraffen wird? Es wäre nicht richtig, unseren Weg in eine neue Zeit mit dem Blut wehrloser Menschen zu besudeln. Wir wollen mit leichten, unschuldigen Herzen in die Zukunft gehen, und ich bin froh darüber, daß sich alle Dorfräte meiner Überzeugung angeschlossen haben. Wir haben entschieden, die Alten von Tona Kandu bis an ihr bitteres Ende gefangenzuhalten und sie regelmäßig mit Speise und Trank zu versorgen. Das sind wir unserem Gewissen und unserer neuen Ordnung schuldig, die auf der unbedingten Achtung vor dem Menschenleben gründet."

„Ihr habt richtig entschieden", rief der Reisbauer Radak. „Würden wir die Alten töten, wären wir auch nicht besser als sie. Doch was soll aus Tago werden? Wenn es ihm in seiner blinden Wut gelungen wäre, Greko zu erstechen, hätten wir niemals ohne Blutvergießen die Macht der Sieben Weisen brechen können – und wären vielleicht sogar gescheitert."

„Auch über Tagos Schicksal haben wir beraten", berichtete Gando. „Von Greko selbst stammt der Vorschlag, zu welcher Strafe der Mann zu verurteilen sei, der ihn ermorden wollte, und wir haben ihn einstimmig angenommen: Tago soll mit den Sieben Weisen in Gefangenschaft verbleiben und sie versorgen und pflegen, bis der letzte von ihnen gestorben sein wird. Dann werden wir ihm die Freiheit zurückgeben, doch er wird das Dorf Baykane nie wieder betreten dürfen. Und wir werden ihn so lange aufmerksam im Auge behalten, bis wir sicher sein können, daß er unsere neue Lebensordnung achten und der Gemeinschaft keinen Schaden zufügen wird."

Als die lautstarke Zustimmung verebbt war, fuhr Gando fort: „Nun fasse ich unsere gemeinsam geschaffenen neuen Lebensgrundlagen zusammen. Nehmt sie in euren Verstand und in euer Herz auf und bewahrt sie gut, damit sie nie verlorengehen. Gebt diese Grundlagen an eure Nächsten weiter und tragt sie in jedes Dorf des Landes, auf daß alle Menschen davon erfahren und nach ihnen leben können."

Gando atmete tief durch und verkündete die neue Ordnung: „Wir Menschen sind dazu erschaffen, in Freiheit und Frieden zu leben und nach dem Guten zu trachten. Die

Freiheit eines jeden endet dort, wo sie die Freiheit eines anderen einschränkt. Der Frieden ist ein hoher Wert, den wir gegen jeden verteidigen, der Zwist und Zwietracht sät. Wir sollen jeden Menschen so behandeln, wie wir selbst von ihm behandelt werden wollen. Wir sollen uns gegenseitig helfen, die Freuden und Sorgen des Lebens miteinander teilen, ehrlich zueinander sein und jede Gewalt vermeiden. Über das Wohl unserer Dörfer wachen Räte, die aus drei von den Dorfbewohnern gewählten, lebenserfahrenen Menschen bestehen. Stirbt ein Dorfrat, wählen die Dorfbewohner seinen Nachfolger. In jeder siebten Vollmondnacht kommen die Räte aller Dörfer des Landes in Baykane zusammen, um der Nacht unserer Befreiung mit einer großen Feier auf dem Dorfplatz zu gedenken. Wir sollen vor allem die Nahrung zu uns nehmen, die das Land uns gibt: Reis, Früchte, Nüsse, Wurzeln und Pilze. Unsere Fischer und Jäger dürfen aber auch in Maßen Tiere des Meeres und des Landes fangen und töten, damit wir ihr Fleisch essen und aus ihren Häuten Kleidung und Decken fertigen können. Gut ist, wenn die Menschen sich ihres Lebens erfreuen und die Schönheit der Schöpfung erkennen; wenn sie freundlich miteinander umgehen und voneinander lernen; wenn sie im Geist der Liebe zusammenfinden und Nachkommen zeugen, um ihre besten Eigenschaften an sie weiterzugeben. Schlecht ist, wenn die Menschen lügen, betrügen und stehlen, wenn sie sich selbst im anderen nicht erkennen, wenn sie mit Fäusten und Waffen sprechen und den Frieden in und zwischen den Dörfern stören. Es gibt keine Götter. Wir Menschen sollen nicht an Götter, sondern an uns selbst glauben, an unsere Vernunft, unser Empfinden und an unser Gewissen, das Gut und Böse, Richtig und Falsch von Geburt an zu unterscheiden weiß. Wir sollen nach Wissen streben und uns bemühen, unser Leben lang zu lernen. Wo wir nicht wissen können, sollen wir zweifeln, nicht glauben. Wir wissen nicht, was mit der Sonne nach ihrem

Versinken geschieht. Wir wissen nicht, was uns nach dem Tod erwartet. Wir haben gelernt, daß Tay Manka nicht das einzige Land im Meer ist und wir nicht die einzigen Menschen der Schöpfung sind. Eines Tages werden wir vielleicht das andere Land entdecken oder von seinen Bewohnern besucht werden. Die an unserer Küste angetriebene Statue der Liebenden soll für immer die Terrasse der Ratshütte von Baykane schmücken, um uns an die Nacht unserer Befreiung zu erinnern."

Begeisterte Zustimmung erklang auf dem ganzen Dorfplatz. Gandos Blick schweifte über die ihm vertraut gewordenen Gesichter, aus denen Erleichterung, Freude und Zuversicht sprachen.

Die neue Zeit hatte begonnen.

Neora löste sich aus der Menge und lief auf die Terrasse zu, stieg die Stufen empor, ging lächelnd auf Gando zu und umarmte ihn.

Später sagten manche Dorfleute, daß Neoras und Gandos innige Umarmung ihnen im Licht der Abenddämmerung wie ein Ebenbild der wunderschönen Holzfigur erschienen war.

Hans Kruppa, 1952 in Marl geboren, lebt heute als freier Schriftsteller in Bremen. Schreiben empfindet er als zum Beruf gewordene Berufung, als ein buchstäbliches Abenteuer, das ihn zu immer neuen Ufern der Phantasie trägt.

DIE LEGENDE VON TAY MANKA weist nicht zuletzt durch ihre Bezüge zur heutigen Wirklichkeit einen Weg zu einer wahrhaft humanen Gesellschaft.

Von Hans Kruppa ist im Lucy Körner Verlag bereits der Bestseller DAS ZAUBERBUCH erschienen. Außerdem hat er, in verschiedenen Verlagen, bereits zahlreiche Märchen und Romane, Gedichtbände und Kurzgeschichten veröffentlicht.

Man wird wieder
aus Himmel und Sternen
Bilder machen
und die Spinnweben alter Märchen
auf offene Wunden legen.
(Christian Morgenstern)

Ein zauberhaftes Märchen für Erwachsene, hintergründig und sehr spannend geschrieben und voller kleiner Denkanstöße. Lassen Sie sich doch mal verzaubern!
96 Seiten 14,- DM
109,- ÖS / 14,90 SFR

Eines der schönsten und erfolgreichsten Bücher der letzten Jahre: Märchen zum Wachwerden und Nachdenken, Liebhaben und Verschenken. Eine kleine Kostbarkeit!
96 Seiten 14,- DM
109,- ÖS / 14,90 SFR

Die Fortsetzung von „Die Farben der Wirklichkeit": Ein Märchenbuch über die Sehnsucht nach einer besseren Welt – zum Vorlesen, Verschenken und Aufwachen!
96 Seiten 14,- DM
109,- ÖS / 14,90 SFR